박영근 추모시집
꿈속의 꿈

강형철 외

서문

시인 박영근을 기억하는 아름다운 우정의 시집

들에 피어난 풀꽃이나 여치나 잠자리 같은 풀벌레들도 지구라는 별에 살다 간 자취가 역력할진대 하물며 우리 시대를 48년간 뜨겁게 살아간 시인의 삶의 자취가 어찌 간단할 수 있겠는가.

박영근 시인이 2006년 홀연히 우리 곁을 떠난 뒤 그가 떠난 것을 아쉬워하는 문인, 술친구들, 가족들, 그를 아끼는 독자들이 해마다 기일 무렵에 모여 추모의 모임을 가지다가 박영근시인기념사업회가 만들어졌고, 초대 회장으로는 고 김이구 소설가 겸 평론가가 수고해 주셨다. 2012년에는 정세훈 시비건립위원장을 비롯한 선후배 동료 문인들의 도움으로 그가 거닐던 부평 신트리공원에「솔아 푸른 솔아-백제 6」을 새긴 시비를 건립하게 되었고, 2016년에는 드디어 박영근 시와 산문을 모은 전집을 간행했다.

그런데 이상한 일이 하나 있었다. 생전에 많은 사람들을 괴롭히기도 했다고 알려진 박영근 시인을 추억하고 회고하는 시가 하나둘 쌓여 갔던 것이다. 그의 곡진한 삶의 자취는 이렇게 많은 사람들의 마음에 길게 남았더란 말인가.

지난해던가 초여름 서해안 어느 바닷가에서 박영근시인

기념사업회 운영위원회를 하다가 박영근 시인을 주제로 써진 시들을 모아서 책으로 내면 어떻겠냐고 누군가 툭 던진 말이 씨가 되어 이 시집이 준비되었다.

말이 그렇지 그 과정은 간단하지 않았다. 성효숙 화백, 박일환 시인이 시를 모으기 시작했는데, 그 이후 모든 시인과 출판사에 연락해서 저작권을 양도받는 일은 결코 쉽지 않은 일이었다. 이 과정에서 기념사업회 김난희 사무국장이 많은 애를 써 주셨다. 해설을 맡아 준 박수연 평론가, 작품 수록을 허락해 준 시인들, 관련 출판사 모두에게 고마운 인사를 전한다. 무엇보다 흔쾌히 제작을 맡아 준 출판사 '걷는사람'의 김성규 시인에게도 감사드린다.

공자께서 시에는 사특함이 없다고 이천오백 년 전에 말씀하신바, 이 모든 과정에서 사특함이 있었다면 이런 아름다운 우정의 시집은 만들어질 수 없었으리라.

그가 하늘에서 이 시집을 읽으며, 가끔 웃고, 가끔 눈물짓고, 가끔 고개를 숙이고 생각에 잠길 것이라 믿는다.

2023년 4월
박영근시인기념사업회 회장 서홍관

차례

고무신 술꾼*
—故 박영근 시인에게

강형철

여보게 영근이!

아직 잠자는가?

그래, 아직 술이 덜 깼는지 모르겠네.

그럼 그냥 좀 더 눈을 붙이시고 있으시게.

여전히 우리는 자네가 이 세상을 영원히 떠났다는 말을
믿지도 못하겠고 실감도 할 수 없다네.

자네가 침묵하고 있는 동안 늘 그랬듯이 우리는 술을
마시며 자네 이야기를 많이 했다네.

우리 삶이 위치한 최전선의 자리와 또 가장 보편적인
모습을 거창한 구호 한 마디 없이 온몸으로 육박하며 시
를 쓰던 자네 얘기를.

삶이 요청하는 그 무엇에 대해 늘 목숨 걸며 충실했던
자네 삶의 태도를 이야기했다네.

자네는 가끔, 아니지 3박 4일도 그 이상도 술로 몸과 마
음을 헹구며 가부좌 틀고 담론을 폈지

동료와 선배들의 시를 참으로 꼼꼼하게 읽고 그 독서
끝에 생긴 사리 같은 이야기를 때로는 독설로 때로는 서
해 썰물 같은 잔잔한 웃음 속에 녹여 풀어놓곤 했지. 그
많은 평설에 우리는 전면적으로 수긍할 수밖에 없었지만
때로는 그 평설은 독침이 되어 격렬한 논쟁을 유발시키

기도 했지. 그러나 그 뒤에 생각해 보면 자네의 이야기는 늘 우리의 삶과 진실 곁에 더 가까이 있었어. 고마웠네.

시에 대해 세상에 대해 자네는 바보처럼 진지했어. 그래서 우리는 가끔 질리기도 했다네. 그런 우리를 등지고 허청허청 또 다른 곳으로 흰 고무신 신고 걸어갈 때도 그런 얘기를 하기 위해 자네가 자신의 몸을 술로 소신공양했다는 생각을 하기보다는 자네의 통찰이 주는 우리들 가슴의 통증과 아픔 때문에 따뜻하게 배웅 한번 못 하곤 했지.

박영근 시인,

자네 정말 세상 떠났는가?

이제 故 박영근 시인이라 불러야 한단 말인가?

자네를 해방 이후 본격적인 의미의 최초 노동자 시인이라 불리게 했던 시집 『취업 공고판 앞에서』, 저 유월 항쟁 이후 노동 운동의 질적 변환과 함께했던 시집 『대열』, 노동자의 실제 삶을 체현한 시집 『김미순傳』, 그리고 『지금도 그 별은 눈 뜨는가』, 『저 꽃이 불편하다』 등등의 빛나는, 눈물 나는 시집들을 남겼으니 이제 됐다는 얘기인가.

그래, 그래, 이제 그만하시게.

자네의 몸이 무너질 만큼 시를 쓰고 활동을 하고 또 사랑했으면 됐지 무엇을 더 요구할 수 있단 말인가.

이제 자네가 하고 싶었던 말들과 일들은 살아남은 자들의 몫으로 두고 편안하게 길 떠나시게

그곳에는 자네가 사랑했던 사람들과 일들이 모두 다 기립하여 깃발 되어 빛나고 있을 걸세.

우리들 사랑하는 친구 故 박영근 시인 부디 영면하시게.

* 영결식장에서 조시로 읽은 시

출전:『환생』(2013, 실천문학사)

지워진 이름이

고영서

솔아 솔아 푸르른 솔아 샛바람에 떨지 마라
창살 아래 네가 묶인 곳 살아서 만나리라*

포항 사는 이종암 시인께서 전활 주셨다
출근길은 붐비고 무어라 알아들을 수 없는 말이
툭, 툭 끊기고 먼 데서 발자국 다가오는 소리

몇 통의 메시지를 확인하고야 안다
신문에 시평이 실렸다는 건데, 전날 나간 시인의 이름
으로
인쇄되어 미안하다는
보내온 사진 속, 손 글씨로 쓴 내 이름 곁에
인쇄되어 지워진 이름
엊그제 읽은 소설 속의
시인 강이산**

오래전 그를 만난 적 있지
저 꽃이 불편하다, 가 나온 지 얼마 안 됐을 무렵이었고
오월이었고
그 시집 다 읽었어요, 하자

그런 얘기 해 주는 사람 없더라며 어린애처럼 좋아라
하던

술이 고파 사람이 고파
부천서 몇 시간 거리이든 택시를 잡아탄다는
대책 없는 사내가 저세상 가서도
오월 광주 못 잊는 게지
16년 만에 광주서 맞는 문학인대회가 퍽이나 궁금도
하셨던 게지
만만한 후배 하루 종일 끌고 다니면서
돌아가고 싶다고
오래 나를 흔들고 있다***

 *〈솔아 솔아 푸르른 솔아〉, 박영근의 시에 안치환이 곡을 쓰고
부른 노래.
 **박영근을 소재로 한 이인휘 소설.
 ***박영근의 시 「슬픈 눈빛」에서.

 출전: 『연어가 돌아오는 계절』(2021, 천년의시작)

죽음에 부쳐진 자
―박영근(朴永根) 시인에게

고형렬

너에게 내 슬픔을 주마, 나의 슬픔을 가져가거라
문청(文靑)처럼 너의 슬픔을 건축하리라
오랜 날들은 저 얼음 속에서 피어나고
그 얼음을 또 깨는 사람들이 있다
아주 먼 곳에는

눈이 내린다, 낮은 담천 속에서
담을 넘는 눈송이의 기적이 분리되는 어둠 속에 서서
너는 유리손을 감춘다
너는 슬프도록 차가운 물속에서 인화되고 있다

너의 이름은 이 추운 겨울, 어딜 혼자 걸어가고 있니
그 누구의 등도 따라가지 않으면서
이쯤 세월이 지나 우리의 이름은
하나의 시어(詩語)가 되었다, 외진 데로 갈수록

등 뒤에서 본다, 취업 공고판 앞에서 서성이는
얼음덩이의 그림자와 검은 옷들
점점 작아지고 어두워지는 밤은 낮처럼 빠르다
죽음에 부쳐진 자의 시는

길게 이어지지 않는 아쉬움을 남긴다

출전:『지구를 이승이라 불러줄까』(2013, 문학동네)

너의 취업 공고판 뒤에서

고형렬

취업 공고판을 향해 서 있는 그 사람의 등은
이 도시의 영원한 수수께끼

이제 그 춥고 을씨년스러운 취업 공고판도 사라지고
가등도 없고 어둡다
어둠만 드리운 죽음 속에서 보이느냐
얼음을 얼군 강바람만 귀싸대기를 후려치면서
사라져 가는 죽음의 파커

버스를 치고 가는 시선들은 한순간의 주마등
거기 너의 이름도 승차하고 있었다
지옥보다 먼 동인천 어디쯤
그때의 저녁이 올 것을

눈 가리다 손사래 쳐 아무것도 보지 않는다
미어터지게 퇴직자를 싣고 한강 인터체인지를
오르고 있었지, 오늘이 오려고 한
그 시대처럼

나는 태양과 장님과 얼음장이 되어

14

합정동 로터리를 그때 그 보폭으로 뛰어 건너간
아직도 살아 있는 그,
그 어둠 속에서 귀만 남쪽 하늘로 열어 둔다

출전:『지구를 이승이라 불러줄까』(2013, 문학동네)

박영근 시인의 시를 읽다

곽현숙

깡통 하나가 멈출 지점도 없는
내 저변의 바닥으로 구른다

흠 흐흥 키득키득 흐흐흥

시어는 동질의 웃음으로
순간을 일으켜 세운다
예복이 무색한 맨땅에서
존재의 춤을 청한다

출전: 박영근 시인 추모 카페

16

박영근 추모제를 보면서

박영근 시인이 사람들을 불러 모아
배다리로 걸어왔다
한 사람 한 사람
가슴 그득히 시인의 혼을 추모하는 애절한 열기는
헌책방 삼거리를 흠뻑 적신다
시대의 환경 속에 얼얼한 감성 먹고, 책 먹고, 투쟁 먹고
역사의 그늘만큼이나 부대껴
마알간 웃음이 된
영근이가
동료들을 몰고 와서 박수를 친다
수억만 년 걸어온 자신의 길을
한 걸음의 보폭 사이로 보게 한 기호들
그 너머의 책들에게 진한 키스를 한다

출전: 박영근 시인 추모 카페

최후의 詩
—故 박영근 시인에게

권화빈

가진 게 없으니
아무것도 남길 게 없네

그래, 까짓거
잘 살았어

금계랍 같은 네 인생

그냥 이승에
나 왔다 갔다고
슬며시
詩만 한 뭉치 내려놓고—

참
홀가분하겠네

출전:『오후 세 시의 하늘』(2018, 학이사)

봄밤

김사인

　나 죽으면 부조돈 오마넌은 내야 돠 형, 요새 삼마넌짜
리도 많던데 그래두 나한테는 형은 오마넌은 내야 돠
알었지 하고 노가다 이아무개(47세)가 수화기 너머에서
홍시 냄새로 출렁거리는 봄밤이다.

　어이, 이거 풀빵이여 풀빵 따끈할 때 먹어야 되는디, 시
인 박아무개(47세)가 화통 삶는 소리를 지르며 점잖은
식장 복판까지 쳐들어와 비닐봉다리를 쥐여 주고는 우리
뽀뽀나 하자고, 뽀뽀를 한번 하자고 꺼멓게 술에 탄 얼굴
을 들이대는 봄밤이다.

　좌간 우리는 시작과 끝을 분명히 해야 혀 자슥들아 하
며 용봉탕집 장사장(51세)이 일단 애국가부터 불러제끼
자, 하이고 우리 집서 이렇게 훌륭한 노래 들어 보기는
츰이네유 해쌓며 푼수 주모(50세)가 빈자리 남은 술까지
들고 와 연신 부어대는 봄밤이다.

　십이마넌인데 십마넌만 내세유, 해서 그래도 되까유 하
며 지갑들 뒤지다 결국 오마넌은 외상을 달아 놓고, 그래
도 딱 한 잔만 더, 하고 검지를 세워 흔들며 포장마차로

소매를 서로 끄는 봄밤이다.

 죽음마저 발갛게 열꽃이 피어
 강아무개 김아무개 오아무개는 먼저 떠났고
 차라리 저 남쪽 갯가 어디로 흘러가
 칠칠치 못한 목련같이 나도 시부적시부적 떨어나졌으
면 싶은

 이래저래 한 오마넌은
 더 있어야 쓰겠는 밤이다.

출전: 『가만히 좋아하는』(2006, 창비)

박영근*

김사인

너무 무서워서 자꾸만 술을 마시는 것.

그렇게 술에 절어 손도 발도 얼굴도 나날이 늙은 거미 같이 까맣게 타고 말라서 모두 잠든 어느 시간 짚검불처럼 바람에 불려 세상 바깥으로 가고 싶은 것.

그 적의 어느 으슥한 밤 쪽으로
선운사 동백 몇 송이도 눈 가리고 떨어졌으리.

받아 주세요 두 손으로 고이
어디 죄짓지 않은 마른땅 있거든 잠시 쉬어 가게 해 주세요.
젊은 스님의 애잔한 뒤통수와 어린 연둣빛 잎들과 살구꽃 지는 봄밤 같은 것을
어떻게든 견뎌 보려는 것이니까요.

* 시인 박영근은 전북 부안 사람으로, 다섯 권의 시집을 남기고 2006년 5월 11일(48세) 세상을 떠났다. 눈물과 노래가 일품이었다.

출전: 『어린 당나귀 곁에서』(2015, 창비)

박영근 시인을 보내며

김영환

지난 30년 전에 인천 공사판에서 만난
영근이가 갔습니다

술과 함께 이 굴욕의 세상을 흘러온
가난한 시인의 장례식장을 다녀왔습니다

알콜성 치매로 콩팥이 말라비틀어지고
결핵성 뇌막염으로 병원에 실려 갔다는 소식을 며칠 전
들었습니다

나는 그의 곁으로 곧장 달려가지 못했습니다
그동안 나의 일상 또한 고단하고 부산하였으니까요

그가 생각나면 그의 노래 〈솔아 솔아 푸르른 솔아〉를
나는 가끔 노래방에서
부르곤 했습니다

그동안 서먹하고 서운했던 우리들을 한자리에 모아
놓고
그는 술값 걱정 없는 저세상으로 훌훌 떠나갔습니다

생각해 보니 인생이 별 게 아니구나 싶습니다

인생이란
그저 그리운 사람들을 이렇게 모아 두고 떠나는 일 아
닌가 합니다.

나도 언제인가 누군가를 모아 두고 떠나갈 것입니다
영근이가 먹다 남은 소주를 들이켜며 생각합니다

출전: 『눈부신 외로움』(2010, 생각의 나무)

문상
─박영근 생각

김왕노

  그의 영정은 빙그레 웃고 있었습니다.

  결국 지나 보면 산다는 게 그렇게 우스웠던 것이겠
지요.

  영하의 거리에서 집에 갈 차비 좀 하며 내게 손 내밀 때
그의 손은 한없이 순결해 보였지요.

  그의 집은 내 생각이 미치지 못하는 인천인가 부천이었
던가.

  차비를 주었으나 골목 몇 건너 술집으로 다시 들어가

  집으로 돌아가는 차비마저

  술로 마시던 그에게 끌끌 혀 차는 소리를 들려주었으나

  지상엔 결국 우리가 돌아가야 할 집이 없다는 것을

  취한 몸으로 그가 알려 주었습니다.

  그를 보내고 나니 우리가 마주치는 풀, 바람, 해와 별

  구름, 정다운 얼굴과 거리마저 다 서로에게 하는

  공손한 문상인 것을 알았습니다.

  우리가 지상에 불멸로 기거할 집 한 채, 불멸로 적을 둘

  번지수가 없다는 것을 허공의 집에 이른 그가 말하
는지

  허공의 푸른 솔 한 그루로 우뚝 서서 전하는지

오늘 하늘은 미세 먼지조차 없고 끝없이 푸르기만 합니다.

출전: 웹진 〈시인광장〉 2021년 10월호

박영근 생각

김왕노

영근아, 네가 피웠던 노동 문학의 꽃
빨치산 네 아버지의 넋을 강물이 싣고 간
빈 나루터에 바람이 없어도 뚝뚝 져버리고
네 등지고 간 세상에 우리가 살아남아
아귀같이 먹어도 오는 이 허기는 뭔가
네가 죽자 몸부림치던 사람들도
언제 그랬냐는 듯 봄 오면 네 잊고 꽃놀인데

솔아 솔아 푸른 솔아를 부르며
너를 죽게 한 가난하고 착한 폐로 헐떡이며
인제 가면 언제 오냐는
선소리 앞세워 북망산천에 가기는 잘 갔는가.

영근아, 네 고향 변산의 채석처럼
해마다 켜켜이 쌓여가는 그리움인데
총성처럼 귓가를 울리는 솔아 솔아 푸른 솔아
네 노래인데 몇 년만 더 살아도 좋았을 사람
내 꿈도 죽창을 시퍼렇게 깎아 동학처럼
삼례나 고부나 완산에 뼈를 묻더라도
지치지 않는 장딴지로 내달리고 싶었는데

26

참 징한 세상이라며 우리가 나누던 술잔에
둥둥 뜨던 한 시절의 비린 울음
우리의 살점처럼 씹혀 안주로 삼았던 이름
산 자여 나를 따르라 하던 자 따르던 자 죽이고
자신만 살아남아 호의호식인데
이것이 우리가 말하던 역사의 아이러니냐

영근아, 네 죽고 나는 살아남았지만 언제 우리
떼창으로 솔아 솔아 푸른 솔아를 부르며
우리가 꿈꾸던 나라를 이루면
솔아 솔아 푸른 솔아 네 노래는
천지를 울리는 노래, 불멸의 노래가 아니겠는가.

출전: 미발표

27

박영근 시인의 1달러

김용락

작가회의 몽골 세계시인대회 출발하는
인천 국제공항 로비에서
박영근 시인 안주머니 지갑에서 1달러 꺼내 들고
남희(소설 『플라스틱 섹스』 쓴 소설가 이남희)가
잘 다녀오라고 준 돈이야, 이게 내 전 재산이야
하면서 은근히 자랑한다
7박 8일 몽골 가는 데 단 1달러라니

며칠 후 몽골 수도 울란바토르
피스 브리지 호텔 식당 로비
박 시인이 생수 한 병을 얻어먹었는데
알고 보니 우리 돈으로 6백 원이라나
화들짝 놀라 지갑에서 그 1달러 꺼내 물값 지불하고
짧은 영어 때문에 거스름돈 달라는 소리 못하고
그냥 팁 하고 말았다

순식간에 1달러가 날아가 버렸다고
이제 돈 한 푼도 없어 하면서
두 손을 비비는 박 시인의 계면쩍어하는 얼굴
그 짧은 순간의 표정에서

나는 시인의 진정한 모습을 보았다

이 세상 무엇보다 가벼운 시인의 영혼을 보았다(2003.
12. 10)

출전: 『조탑동에서 주워들은 시 같지 않은 시』(2008, 문예미
학사)

시인 박영근* 방문기

'인천 부평구 부평4동 10-22번지 22통 3반 최병은 씨 댁 옆집'에 그가 산다. 10년 전의 방에서 한 번도 빨지 않은 10년 전의 이불을 덮고 누운 45년 된 고물 사내. 빗물이 취객의 오줌처럼 새는 방. 술병과 함께 일어나지 않는 사내. 숨소리가 휴대용 가스레인지 위에 말라붙은 라면 꼬랑댕이를 붙들고 달랑거린다. 책장에 꽂힌 최근의 신간으로 그가 살아 있음을 안다. 시간은 몇 마리 개미와 함께 천천히 방을 가로질러 흐르고, 그 방이 그 사내가 되어 누워 있다. 분실한 휴대폰은 근처 술집에서 수명이 다할 때까지 통곡할 것이다. 10년 전 그를 찾아왔던 기억이 창틈에 그때 모양의 거미줄로 걸려 있다. 이 방에서 거미줄이 잡을 수 있는 것은 과거뿐이다. 담뱃재가 볼펜 똥보다 많이 묻은 A4용지에 무언가 쓰여 있다. '잘살자 진성전자 공원들아!' 그때도 나는 오늘처럼 책상 위의 메모에서 그의 호흡을 확인하였다. 그는 살아 있다. 가도 된다.

* 형은 2006년 늦봄에 이승의 생을 마감했다.

출전: 『꽃이 너를 지운다』(2007, 천년의시작)

놓친 손

김해자

그대는 가고 여름은 오고
먼 나라 죄 모르는 아이들은
가마솥 바닥에 붙은 누룽지처럼 불길 속에서 타들어
가고
사흘 내내 비는 내리고
평양에도 서울에도 죽어라고 비는 내리고
사방의 길은 다 끊기고

아현동 높다란 석벽 청청한 담쟁이 사이
본대에서 떨어져 나간 담쟁이덩굴 몇 마디
벽에 묶인 채 떨고 있다
문득 투드득 실이 끊어지는 소리 내내 한 몸
이어주던 혈관 터지는 소리 환청처럼 들리는데
미라가 되어서도 벽 움켜잡은 손이여
너는 칼바람 함께 맞으며 어깨를 겯던
선 끊긴 빨치산이다 그의 얼음 박힌 수족이다
살아남아, 다시 수직의 벽 솟구쳐 오르는
어린 담쟁이 이파리들 간절히 손 뻗어
떨어져 나간 주검 청청히 덮어 주는데
지난겨울 수화기를 울려대던 해소 기침 소리여

끝내 놓쳐 버린 그대 작은 손이여

출전:『축제』(2007, 애지)

사랑은 함께 길을 가는 것
―박영근에게

김해화

형 사랑이 뭐라고 생각해
장난인 줄 알았다 눈물의 씨앗이라고 노래 해쌓드만
미안하다 그래서 장난으로 대답했다
형 나 진지하게 묻고 있는 거야

함께 길을 가는 것
나란히 손을 잡고 갈 수도 있지만
남남인 듯 나뉘어 갈 수도 있고
보이지 않을 만큼 앞서가고 뒤따라갈 수도 있고
그러나 마음은 함께 길을 가는 것
내 사랑이 그러함으로

길 위의 사랑이라…
너는 고개 푹 수그리고
울었다 형 나 많이 외로워
영근아 지금 너 가는 길 얼마나 외로우냐

친구들 등에 업혀
병원에 가 누웠다는 소식 뒤로 자주 비 내렸다
진창이 된 공사장 엿새 만에 일 나가 철근 세우는데

너 길 떠났다고 김청미가 전화했더라

자꾸 눈물 나더라 일하다가
고개 푹 수그리고 울었다
내가 길을 바꾸지 못했으니
니가 건너지 못한 길은 나도 못 건너겠지
그래도 사랑은 함께 길을 가는 것
사랑한다 영근아

오늘은 가버린 너를 보러 서울 가야 하는데
눈물이 앞을 가린다
자꾸 늦어진다

*4주기 낭송시

출전:『창작과비평』133호(2006년 가을호)

진실

김환영

　취한 영근이가 전화기 속에서 다그치듯 물었다 진실이 있느냐고, 진실이 있는지 대답해 보라고 묻고 또 물었다 나는 세상에 진실 따위는 없다고, 진실이 있다면 어떻게 세상이 이 지경일 수 있겠느냐고 버럭 화를 내고 끊어버렸다 그는 가고, 내가 뱉었던 말은 남아 가시처럼 자주 목에 걸리곤 했다 못나게도, 그가 그리운 날이 많았다 아무래도 올봄에는 소주 한 병 들고 찾아가 다시 말을 전해야 할 것 같다 그래도 진실은 있으며 진실한 사람도 있다고, 그날 그렇게 말을 해 미안하다고 늦었지만 용서하라고

출전: 『글과 그림』 2013년 5월호

못난 꽃
—박영근에게

도종환

모과꽃 진 뒤 밤새 비가 내려
꽃은 희미한 분홍으로만 남아 있다
사랑하는 이를 돌려보내고 난 뒤 감당이 안되는
막막함을 안은 채 너는 홀연히 나를 찾아왔었다
민물생선을 끓여 앞에 놓고
노동으로도 살 수 없고 시로도 살 수 없는 세상의
신산함을 짊어가는 네 이야기 한쪽의
그늘을 나는 가만히 바라보고 있었다
늘 현역으로 살아야 하는 고단함을 툭툭 뱉으며
너는 순간순간 늙어가고 있었다
허름한 식당 밖으로는 삼월인데도 함박눈이 쏟아져
몇 군데 술자리를 더 돌다가
너는 기어코 꾸역꾸역 울음을 쏟아 놓았다
그 밤 오래 우는 네 어깨를 말없이 안아줄 수 있어서
다행이었다
한 점 혈육도 사랑도 이제 더는 지상에 남기지 않고
너 혼자 서쪽으로 걸어가고 있다는 이야기를
빗속에서 들었다
살아서 네게 술 한잔 사줄 수 있어서 다행이었다
살아서 네 적빈의 주머니에 몰래 여비 봉투 하나

찔러넣어 줄 수 있어서 다행이었다
몸에 남아 있던 가난과 연민도 비우고
똥까지도 다 비우고
빗속에 혼자 돌아가고 있는
네 필생의 꽃잎을 생각했다
문학이 뭐 그리 대단한 일이라고
목숨과 맞바꾸는 못난 꽃
너 떠나고 참으로 못난 꽃 하나 지상에 남으리라
못난 꽃,

출전:『세시에서 다섯시 사이』(2011, 창비)

자물쇠 저편
―인천 부평구 부평4동 10-22 최병은 씨 댁 옆집, 박영근

류 명

형, 자물쇠 뭐하러 잠그시우
힘센 놈 비틀면 담박 부서질 텐데
-그래도 말야
 지난 설 고향집 다녀오는데
 이거라도 채우니 마음 든든하더라고

손가락 두 개만 한 작은 자물쇠
지킨 게 무엇인지
오래된 벽지와 비닐 장판
가물거리는 형광등 아래 몇 권의 책
빈 물병만 나란히 서 있는 단칸방

자물쇠 저편 무엇이 있나

아직 떼어 내지 못한
지난해 달력 사진 속에서
봄볕에 졸고 있는 누렁개 한 마리, 아니면
새벽녘, 문득 깨어나 훔쳐본다는
그림 속 아내 희미한 얼굴

출전:『민족예술』2004년 4월호

배웅

취기가 가시지 않은 동인천역
김해화 김기홍 시인은 일당을 공치고
순천행 열차를 타러 영등포역으로 떠나고

두주불사 박영근 시인 술 한잔 산다고
손목을 잡았다 현금카드를 주며
담배와 돈을 찾아 달라기에
40만 원 잔고에서 15만 원을 찾아
담배를 사고 낮술 한 병씩 나눠마셨다

-야야 이게 기한 없는 생활빈데 이렇게 많이
찾아오면 어쩌냐-
타박이 한 잔이었으나,

늙어 가는 사내들의 등짝과
뒤틀린 어깨에 걸린 바랑을 보는 것은
낡은 외상장부를 보는 것과 같다

몇 줄 그어 빚을 나누고 싶은데
누군가는 너무 멀리 갔다

출전:『그네』(2009, 창비)

시인의 전화

박두규

늦도록 술에 젖다가
전화를 거는 시인이 있다
새벽 3시가 넘어 전화를 받은 나는
갑자기 이부자리 속 남편에서
생뚱맞은 시인이 된다

창밖의 희붐한 빛살을 타고
취한 시인의 목소리가 건너왔다
20여 년 서울 생활에
지금도 갈 곳이 없다는 시인의 말이
예전엔 은유로 들렸던 그 말이
이젠 그대로 슬픔으로 온다
슬픔의 그림자까지 그대로 따라온다

하지만 어느 시인이 말한 것처럼
우리도 이젠 눈물도 아름다운 나이가 되어
새벽안개에 젖은 시인의 취한 목소리도
아무런 저항 없이 내 잠자리에 들어와 눕는다
달랑 목숨 하나 걸어 놓고 살아가는
세상의 모든 서글픈 것들도

이제는 차라리 아름다움으로 온다

출전:『숲에 들다』(2008, 애지)

우연히 들른

박라연

부안 바다 파도가
아무리 제 키를 높인들
혀를 뭍까지 빼내 넘실거린들

칼로 물도 베어 버리는 세상의
저 제방, 뛰어넘을 수 있겠느냐

분노가 있어야
진화는 계속된다고 말하고 싶지만
우연히 들른 나는
아직 파도의 말이 없다

평등한 밥을 위해 평생을 바쳤을
시인 박영근, 그의 영정 사진 속

해맑은 웃음이 새만금까지 흘러넘쳐
철썩이는 것 보았지만

너무 공평 평등해서 심심한, 곳으로
가는 그를 붙잡고 싶지만

우연히 들른 나는 저승과 맞서
싸울 주먹이 없다

출전:『빛의 사서함』(2009, 문학과지성사)

박영근을 만나다

박상률

지난 구십년대 초, 첫 시집 겨우 상재했을까 말까 한 무렵
일 있어 마포의 어느 출판사 들렀더니
벽 아래 안락의자에서 자고 있던 중늙은이 하나
벌떡 일어나 다가온다
나 박영근인데, 너도 개띠더구만, 앞으로 우리 말 놓자
(앞으로라고? 이미 말 놓고 있으면서…)
「취업 공고판 앞에서」 쓴 박영근 시인이우?
맞어
(근디, 같은 오팔 년 개띤디 왜 이렇게 늙었댜?)
십몇 년 더 지나 양 아무개 시인 시집 나왔다고
마포에서 몇 사람 만났다
저녁 먹고 골목길 걸어 나오는데
열댓 살 차이지는 양 아무개 시인 허리춤 껴안은 박영근
인자 건강도 챙기시고 어쩌고저쩌고하더니
(허 참, 선배 걱정할 처지가 아닌 것 같은디…)
바야흐로 노래가 터진다
취기 잔뜩 오른 박영근부터 귀가시켜야 할 것 같아
택시 기사한테 택시비 주며 인천 집까지 단단히 부탁했
는데
얼마 지나지 않아 부르르 떠는 손전화

운전기사 겁박해 돌려받은 택시비로 신촌에서 술 마신
다는
  박영근의 무용담 전한다
  술 취하면 밤이고 낮이고 전화하여 앞뒤 없이 미안타
더니
  그날은 하나도 안 미안해했다
  그나마 저세상 간 뒤론 전화 한 통, 없다

출전:『국가 공인 미남』(2016, 실천문학사)

안부
—시인 박영근의 전화

박상률

상률이? 나, 영근이야.
어제 서울 나갔는데
전화도 못 하고 들어와서 미안해.

시집 오늘 부쳤어.

지금 바쁘지?
바쁜데 전화해서 미안해.

해 길어지는 봄날 오후,
그는 울었다.

출전: 『국가 공인 미남』(2016, 실천문학사)

최병은 씨 댁 옆집
—박영근 시인을 생각하며

박일환

인천시 부평4동 밤하늘 위로
흘러가는 별자리
그 아래 무엇이 남았는가
소멸을 꿈꾸는 자세로
마지막 흰빛
한 줄 시만 남았는가

옹색한 시인의 거처에서 동거하던
수챗구멍 속 쥐새끼
까만 눈동자를 들여다보던
불면의 날들은 가고
멀리 휘황한 광고판 불빛에 가린
공장 굴뚝 같은,
휴전선 철책 같은,
시퍼렇게 칼금 그어대던
고뇌만 남았는가

오늘 밤
별자리는 서해바다에서 잠들고
꿈꾸는 일은

여전히 멀고 아득하여
쓰러진 술병 속을 돌아 나온
바람 한 줄기
최병은 씨 댁 옆집 골목길에서
자꾸만 돌멩이에 걸려 넘어진다

출전:『끊어진 현』(2008, 삶이 보이는 창)

영산홍
—박영근 2주기를 기념하여 쓴 시

사랑하려거든
몸 하나 태우는 게 무슨 대수인가
불꽃 하나 붉게 밝히기 위해
제 몸 한낱 연기처럼 날려 버리는 촛불은
눈 한번 깜박거리지 않고
세상을 빛으로 사랑하지 않는가.

4월이면 어김없이 피어나는
붉은 영산홍
억눌린 자들에 대한
뜨거운 너의 사랑처럼
불길로 피어오르고 있으니
너를 찾아 헤매던 나의 눈길마저
선혈의 꽃잎 위에 머물러
움직일 줄 모른다.

그 붉디붉은 영산홍
꽃잎 하나둘 뚝뚝 떨어져
텅 빈 꽃 마디만 남아
온몸을 태우고

허공으로 사라져 버린 촛불처럼
갑자기 연기처럼 사라지다니

낡아가는 너의 시집 속에서
한순간 흩어지는 너의 시어들이
허공에 떨어지는 영산홍 꽃잎이 되어
나를 둘러싸고서
들리지 않는 너의 굵은 목소리로
적시지 않는 너의 뜨거운 눈물로
머물러 있다.

영원히 피어나는 영산홍으로
영원히 꺼지지 않는 불빛으로

출전:『허공에 떨어지는 영산홍 꽃잎』(2009, 동인)

박영근 시인 3주기에 붙여

박정근

시인이 죽은 후 삼 년이 지났다

이제 얼굴도 가물가물하고
만취한 새벽 전화선을 타고 오던
굵은 목소리도 흐릿해지는데

술주정에 치도곤을 당했던 시인들이
오늘도 시인의 혼을 불러내고
미운 정 고운 정
가슴 속에서 끄집어내어
풀어헤치며 늦도록 막걸리 잔을 기울였다

시인은 더 이상 몸으로 나타나지 않았다

저승으로 가는
기다란 천을 살포시 밟는 살풀이 춤꾼의
혼신을 다 바치는 몸부림으로

시인을 좋아하던 연주자들의
흐드러진 가락으로

시인과 밤을 지새우던
살아남은 시인들의 시 낭송으로

올 듯 말 듯 씨름하다가
그리움으로 찌든 얼굴 위로
흐르는 뜨거운 눈물은
홀연히 나타난 시인의 혼일까

눈물 속에 흐르던 시어들이
한 움큼씩 조합이 되어
시인의 가냘픈 뼈가 되고
시인의 메마른 살이 되어
쏜살같이 가슴으로 파고들었다

시인의 살과 뼈는
자유로이 우리 곁을 떠나갔다
불멸의 시들만 남겨두고

출전:『허공에 떨어지는 영산홍 꽃잎』(2009, 동인)

박영근 생각

박 철

동네 분식집에서 혼자 김치칼국수를 먹는데
갑자기 붉은 국물 위로 박영근 시인 생각이 나는 거라
그는 지금쯤 어딜 가고 있을까
술 깬 아침이면 작은 손으로 야무지게 밥그릇을 비우던 그
국수 가락 텁텁하여 고개 숙인 아래로
자꾸 그가 떠오르는 거라
붉은 국수 남기고 나오는데 주인은 없고
거기 박영근이 담배 연기 날리며 서 있는 거라
공짜 칼국수 먹은 셈 치고 서둘러 나오니
그가 문 열고 나와 손짓하며
빨리빨리 뛰어가라 하는 거라

출전: 『불을 지펴야겠다』(2009, 문학동네)

몸이 빈 손님

백무산

전화를 받고 서울 갈 채비를 하고
노장님 거처에 가서 인사를 드렸다

　너를 기다리고 있으니 빨리 가봐라
　세 번 부르면 깨어날 거다

고속버스를 타고 가서 중환자실에 사흘 전부터
의식 잃고 누운 그의 이름을 불러보았다
영근아 영근아 영근아 세 번 더 불러보았다
끝내 깨어나지 않았다

심야 고속버스를 타고 아침에 집에 도착했다
노장님께 가서 다녀왔노라고 인사를 드렸다

　같이 온 손님은 누구냐?

　배 많이 곯았다 상을 차려 먹여서 보내라

출전: 『폐허를 인양하다』(2015, 창비)

헛된 꿈을 접을 시간이다
—박영근 시인의 영전에

백무산

바람 찬 거리에서 언 발로 너는 왔다
기름밥 세월 속에서
짓물러 터진 입술로
눈부셔 눈이 부셔 그 이름 부르며 너는 왔다.

쇳가루 뒤덮인 공단 거리에서
지문도 닳아진 손바닥 위로
울분처럼 쏟아지던 피, 붉은 핏빛이
눈부셔 눈이 부셔 돌멩이로 밤하늘 가르던
어두운 거리에서 너는 왔다

늦은 밤 졸음에 겨운 어린 누이들 어깨 위로
진눈깨비 살을 파던 공단 담벼락 위로
빈손 언 손 부비며 취업 공고판 앞에서
무너지던 가슴으로 너는 왔다

새벽 철창살 아래 너는 왔다
눈부신 새들의 날갯짓으로
벽에 이마를 찧어대던 그 긴 밤들 속으로
그 이름 그 아름다운 이름 부르며

목이 쉬어 부르며 너는 왔다.
너의 눈물 너의 노래는
너의 술과 너의 일탈은 저항의 몸부림이었다
너의 몸짓 너의 주정 너의 뗑깡과 억지와 막무가내도
그 무엇과 타협할 수 없기에
그 무엇과도 흥정할 수 없기에
그것은 순결의 절규이기에

그리하여 시인이여
시인이 시를 놓은 시간에
주정뱅이가 아니면 그는 가짜 시인이다
거렁뱅이가 아니면 타락한 시인이다
반란을 꿈꾸지 않는 시인은 오염된 시인이다
제명을 다하고 죽는 자 엉터리 시인이다
오, 그것은 거대함으로 오는 줄 알지만
밤하늘의 주먹별로 오는 줄 알지만
혁명은 저 순결한 주정뱅이의 노래 속에 있었네
인류의 쓸모없는 쓰레기들이 토해내는 구역질 속에 있
었네

그리하여 시인이여
이제 그만 머뭇거리지 말고 가라
오염된 계급이여, 이 땅의 노동자들조차 등을 돌린 꿈
들을
시인의 가슴에조차 열정이 사라진 이 시대를
놓아 버리고 너는 가라

순결은 다만 오염된 자들의 대속물일 뿐
순결한 자들이 있어 혁명은 소멸한다
그러니 너는 가고 아비규환의 세상만 남아라
저 피투성이 세상, 그래 저것이 세상이다
그런 세상만 남기고
시인이여 이제 꿈을 접을 시간이다
이제 헛된 꿈을 접을 시간이다
세상 한 모퉁이를 텅 비워 버릴 시간이다
순결로도 진실로도 채울 수 없는 허공이게 하라
사랑으로도 꿈으로도 채울 수 없는 허공이게 하라
지금은, 지금은 다만
부재의 혁명이게 하라

*영결식장에서 읽은 조시

그대로 둔다

서둘러 먼 길 떠난
박영근 시인
생각만 해도 마음이 짠한
문영규 시인
마지막 여행길에 나를 찾아온
박노정 시인

휴대전화 안에 들어 있는
전화번호
그대로 둔다

언젠가는
하늘나라에서
만날 수 있을 테니까

서로 떨어진 곳에 있으면
전화 걸어
막걸리 한잔해야 하니까
주거니 받거니
밤을 새워야 하니까

출전: 『그대로 둔다』(2020, 상추쌈)

갯벌같이 넓고 질기고 깊던 사내
—영근이를 추억하며

서홍관

나는 오래 기억할 것이다.
부안 마포리 앞바다의 파도와 질긴 울음소리를
갈매기 울음소리에 젖어 들던
그 넓고 질퍽한 갯벌 속에 숨어 있던 생명의 소리들을

나는 오래 기억할 것이다.
고등학교 1학년 시절
교과서와 선생님의 말을 다 믿지 않고
세상에는 너희들이 모르는 더 많은 것들이 있다고
같은 58 개띠이면서도 서너 살은 위처럼 행세하던
까무잡잡하던 고등학교 1학년 학생을.

나는 오래 기억할 것이다.
겨울이면 물차가 와야 물을 먹을 수 있고
연탄을 나르는데도 꼭대기까지 지고 가야 했던 곳
더 이상 물러날 곳이 없던 철산리 판잣집
그중에서도 제일 꼭대기에 살던 너의 집을.

나는 오래 기억할 것이다.
-잘살자 진성전자 공원들아-

취업 공고판 앞에서 이력서도 구겨 버리고
전봇대 같은 곳에 기대어
눈발 그치기를 기다리며 주먹 쥐던 그 젊은이를.

나는 오래 기억할 것이다.
세상에는 이렇게 뜨거운 진실이 있는데
어떻게 시를 쓰지 않고 잠이 들 수 있느냐고
시를 써야 한다고, 시의 지평을 넓혀야 한다고
밤늦게까지 전화하던 그 목소리를.

나는 오래도록 기억할 것이다.
투쟁에서 다시 투쟁으로 이어지는 악순환의 고리를 끊
고
지친 삶의 해방을 위해
고향 바다까지 택시를 타고 찾아가던 신새벽의 귀향길
고향 마을 옥녀봉과 친구를 찾아가던 지친 사내를…

나는 잊지 못할 것이다.
영양실조와 알코올성 간경화와 폐결핵 때문에
병원으로 내일이라도 오라는 나에게

우리 만남이 다 순서가 있는 법인데
내가 날짜를 잡아 연락하고 가마고
준엄하게 말하던 그 마지막 대화를.

내가 찾아갔을 때는 인천 시립 병원 중환자실에서
이미 혈압은 떨어지고 있었고
열은 높고 의식은 없어
결핵성 뇌수막염은 이미 생과 사의 갈림길을
넘어버린 지경이었다.

너의 영안실에서는
누군가의 울음소리가 드높았고
누군가는 술잔을 집어던졌다.
사소한 일들에 서로 신경이 날카로워 다투고 있었다.

나는 차라리 그 자리에 네가 나타나
조용히 시키면서
술 한 잔을 들어 눈물을 흘리며
이용악의 「그리움」을 읊어주기를 기다렸지만

너는 영안실 구석에 조용히 앉아
이 소란을 아는지 모르는지
아무도 바라보지 않고
네가 좋아하던 노래 부용산을
가사가 끊어지는 곳까지 부르고 있었다.

부용산 오리길에
잔디만 푸르러 푸르러
솔밭 사이 사이로
회오리바람 타고
간다는 말 한마디 없이
너는 가고 말았구나

출전: 조시로 읽은 시

메시지로 남겨 주세요

서홍관

고등학교 때 친구 박영근 시인의 삶에 대해서 경인방송과 인터뷰를 했는데 다음 날 모르는 번호로 전화가 걸려 왔다.

-저 방송 듣고 펑펑 울었습니다.

-아, 네. 그러셨군요.

-박영근 시인이 노동자들의 이야기를 시로 썼는데 나중에 밥도 잘 안 먹고 술만 마시다가 결핵에 걸려 죽었다는 이야기 들으니 슬펐습니다.

-박영근 시인의 시를 읽어보신 적이 있었나요?

-제가 나이가 일흔여덟이고 정읍이 고향인데, 낮에는 국군, 밤에는 빨치산 하는 동네에 살았습니다. 주변 산에 불발탄이 많았는데 잘못 만지다가 터져서 어릴 때 눈이 멀었어요. 갈 곳이 없어서 신학대에 갔다가 목사로 지냈고 지금은 은퇴했습니다. 시집이 점자로 나와 있지 않아서 읽지는 못했어요.

-아 그러셨군요. 저희들이 박영근 시인에 대해서 행사를 할 때 연락드릴게요. 그때 한번 오시겠어요?

-기회 되는 대로 만나서 이야기도 나누고 싶습니다.

-그럼 저에게 연락처를 메시지로 남겨 주세요.

-제가 앞을 못 봐서 그런 걸 못 해요.
-아아…… 네……

출전:『우산이 없어도 좋았다』(2020, 창비)

꿈속의 꿈

성효숙

박영근 시인이 곁에 돌아왔네
마치 먼 여행을 다녀온 듯이.
예전 꿈엔 이럴 순 없다 하며
정말인지 이리저리 만져보고
죽은 것이 꿈이었던가 했는데
이 꿈은 자연스레 받아들이네.
한밤중 사위가 왔다고 하시며
돌아가신 어머님도 들어오셨네.
친구가 펴낸 추모 〈신문〉의 글
담담하게 읽어보기도 하다가
다른 친구 이야기도 하고 있네.
먼 여행의 이야기도 들려주고
친구들과 여행 계획도 세우네.
한마디 말없이 진행되는 모습,
시간과 공간을 믿을 수 없다네
2010년 8월 12일 새벽 3시 전이었네.

출전: 박영근 시인 추모 카페

작별

성효숙

수없던 이별 속에서 돌아오는 6월 28일,
49재엔 한 번 더 당신을 보내네.
중환자실 앞마당에 쏟아지던 5월의 햇살에도
무덤가 꽃잔디, 노란 애기똥풀을 보고도
당신이 슬픈 눈빛으로 나를 통해 보고 있구나
수많은 벗들이 애도하며 밤을 지킬 때도
몸 안에 들어와 작별 인사를 하고 있구나 하고
눈물도 나지 않더니
하필이면 비어 있는 관을 보며
눈물이 주체 없이 쏟아졌었지.
아직 비어 있던 한 생애가 서러워서
아무것도 없었지 않았는가
그래, 철산리 산동네 꼭대기 방 한 칸도 없었고
이사와 이사,
시도 노래도
부평4동 13년간의 낡은 방을 나온 이사도, 인연도 없
었지
우주의 일곱 정거장을 지나 이제 다시 없던 곳으로 가
기 위해
당신은 지금 공부 중이라지.

당신이 왔던 대로 맑은 영혼으로.
숙제를 마치고 껍데기를 벗고 가니 얼마나 홀가분한가
조금 더 일찍 가며 내게 생의 비밀들을 알려줘서
여섯 번째 칠일을 보내고
49재엔 정성스레 당신에게
절을 올리기 위해
몸도 마음도 닦으려 한다네.
이승 떠나는 길, 당신도 그때까지 공부 잘 마치고
그때 보세…

출전: 성효숙 블로그

부음(訃音)

손세실리아

아프다는 소문 흉흉하더니
얼마 안 있어 입원했다는 전언이 들려왔다
사는 게 신산한 글쟁이들 약속이나 한 듯
술로 혹사시켜 온 몸에게 병가 내주는 셈 치고
의사가 내쫓을 때까지 눌러 있으라면서도 너나없이
병원비 걱정부터 했다 새벽잠 깨워놓던
취중 전화질과 장거리 택시비 대납도 한동안
뜸하겠거니 넘겨짚었다 가진 거라곤 달랑
시 하나, 천형 같은 외로움을 익히 알기에
오만무례와 기행을 무조건 묵인했다
때로 무일푼인 그의 자유를 부러워도 했다
불씨 한 톨 들이지 않은 지 오래인 월세 단칸방
얼음 구들장에 산송장처럼 납작 엎드려
마른기침 쿨럭이며 詩語들과 밤새 연애질하던
사내 그예 중병에 든 모양이다
눈을 뜨지도 일어서지도 못한단다
마지막 면회일 게 겁이 나 병문안 가지 않았다
끝끝내 안 가고 버텼다 그런 내가 괘씸했던지
마른 수수깡처럼 바짝 야윈 그가 몸소 찾아왔다
수시로 꿔간 잔돈푼 변제받고 떠날 요량인지

아무렇게나 꺾어 들고 온 들꽃 한 줌 주저주저 내민다
바람 한 자락 없는 거실, 휘청이는 꽃대
허리 뚝! 부러지고 만다

저 꽃이 불편하다*

*故 박영근 시인의 시 제목

출전: 미발표

별사(別辭)
―고 박영근 시인께

손세실리아

선배 그거 알아요?
내 휴대전화엔 아직 선배가 저장돼 있다는 거
몇 번의 기기 변경과
전화번호부 수시 정리에도 불구하고
선배 것만은 손대지 않았다는 거
한 번쯤은 통화키 꾹 눌러서
요즘은 왜 통 전화 안 하는 거냐고
전화도 안 할 만큼 거기가 그렇게 좋으냐고
물어볼까 싶다가도
전화 걸어온 쪽은 언제나 선배였고
난 늘 받는 입장이었으니
당혹스러워할까 봐 그마저 접고 만다는 거
짐승처럼 울고 웃고 노래하고 중언부언하다가
까무룩 잠들어버리곤 하던 새벽 전화
걸려 올지도 몰라 전원 켜둔다는 거
그런데 선배 그거 알아요?
고작해야 몇 안 되는 숫자를
삭제하지 못하는 진짜 이유는 따로 있다는 거
할 줄 아는 거
가진 거라곤 시가 전부이던

한 사내의 쓸쓸한 자취를 간단히 지워버리는 일이

비정하고 눈물겨워서

대단히 폭력적이어서

그래서…… 그렇다는 거

출전: 5주기 때 낭송한 시

박영근

신현수

내 친구 영근이는 다만 술을 많이 먹어서 탈이지만
요즘 같은 세상에
자기는 돈도 하나도 없으면서
만날 때마다, 한 번도 빠뜨리지 않고,
딱 한 잔만 하자고 말할 수 있는 사람이,
한 잔하고 나면
딱 한 잔만 더하자고 말할 수 있는 사람이,
그 후로도 계속 술을 더 시킬 수 있는 사람이,
내 친구 영근이밖에 더 있겠는가
나야 아직 실천문학이나 창비에
시도 한 번 못 실어 본
일개 무명 시인이지만
내 친구 영근이는
청사에서, 풀빛에서, 실천문학에서, 창비에서
시집도 네 권이나 내고
민족 문학 진영에서 가장 권위 있다는
신동엽창작기금까지 받은 중견 시인인데,
그런 영근이에게
감히 이 세상은
모파상에 대하여 써보라는 둥,

졸업장을 가져와 보라는 둥 웃긴다.
중퇴해서 고등학교 졸업장도 없는데
무슨 대학교 졸업장이냐
논술학원 교사 채용시험 보고 와서
술을 먹는데
영근이는 눈물 글썽이며
자존심 때문에 졸업장 없다는 말은 못 하고
문학단체 일을 해야 하기 때문에
안 되겠다고 했단다.
세상이여 제발
내 친구 영근이에게
예의를 지켜라.

출전: 『이미혜』(1999, 내일을 여는 책)

박영근 이후

안상학

누구라도 이젠
밤늦게 전화해도 반갑게 받자고
차비 만 원 달래면 웃돈까지 얹어 주자고
천 리고 만 리고 택시 타고 달려오면
택시비에 술값까지 마련해서 버선발로 마중 가자고
마음먹기도 전에 박찬 시인이 갔다.
그래, 이젠 정말 어느 누구라도
살아 있을 때 잘해 주자고
술 한 잔 더 하자 하면 흔쾌히
앞장서서 이차고 삼차고 가자고
전화 오기 전에 먼저 전화하자고, 암, 그러자고
마음 단단히 먹기도 전에
조영관 시인이 갔다. 지기미,
이제부턴 진짜 누구라도
울고 짜고 보채도 같이 울어주자고
절대 욕하거나 등을 보이지 말자고
언제든지 놀러 오라고 어디서든지 만나자고
부르면, 원하면, 그러하다면, 저러하다면
망설일 것 없이 하자는 대로 하자고, 마땅히 그러자고
마음 단단히 고쳐먹기도 전에 김지우도 소설처럼,

하나같이 한창나이에 갔다.
살풀이라도 하자고, 캬, 이젠
진짜 좋은 말 서로 하고, 진짜 이쁜 마음 쓰며 살자고,
캬아
있을 때 잘해 주자고, 그래 그러자고, 고, 고, 하다가 끝
내는
멀쩡한 이름들 앞에 故자만 더 늘겠다고
에이 씨펄, 다짐은 무슨 다짐,
그만 술자리를 파하고 만다.

출전: 『아배 생각』(2008, 애지)

해식(海蝕)

양은숙

그가 죽은 다음에야
중생대 백악기(白堊紀) 적벽강을 찾았다

흠뻑 젖은 바람이
아득한 습관으로 너럭바위에서 검게 잠드는
변산반도(邊山半島) 끝자락

차르륵따르륵
작은 몽돌만 고된 파도에 이리저리 쓸리는
여기서 그는 막막했으리
그리운 유주무량(唯酒無量)
적벽 위에 달이 뜨면 청승의 술잔이나 기울였을까

서로 다른 지층을 가슴에 쌓던 젊은 우리가
다만 차르륵따르륵
같은 파도에 쓰러지며 깎이며 노래하던 시절
무너지고 또 무너져서
마침내 목숨까지 캄캄하게 무너져 버린 그는

사연이야 잊혀도 좋을 중생대 백악기

후미진 적벽의

내밀한 어느 화석(話石)으로 잠이 들었나

출전: 미발표

꿈속의 사랑
—박영근 시인이 죽었다

오철수

너에 대한
말을 잊고
식전부터, 사십 년 전 뽕짝을 듣는다
어이 맺은 하룻밤의 꿈

세상은 너무 넓어 어디로 흐르는지 알 수 없고
영원하라
꿈은

출전: 『독수리처럼』(2008, 손과손)

머나먼 항해

유용주

시 빼놓고는 성한 곳이 한 군데도 없는 영근이 형이 결국 의식불명으로 중환자실에 입원했다는 소식을 듣고 상추 씨를 뿌렸다

병원비가 무서워서(그것보다는 병원은 아예 관심 밖이었을 거라) 병원 문턱 한번 제대로 밟아본 적 없는 시인들의 생활에 대해 화를 낼 수도 없어 땅을 파고 쑥갓 씨를 뿌렸다

한때『취업 공고판 앞에서』와『대열』,『김미순傳』을 못 주머니처럼 옆에 끼고 다니면서 바닥과 가난과 노동과 나누는 삶에 대해 울고 웃으면서 밤늦도록 눈 밝힌 적 많았다 시 앞에 부끄러움이 없으려면 이 정돈 되어야지, 핏발 선 눈동자로 아침 맞은 적 많았다

밤새 비가 내리고 이튿날은 달무리가 졌다 여름 들머리 초록 이파리들 바람에 살랑거린다 어제 내린 빗방울들 땅속 깊이 젖어 들어 순하게 다시 태어나겠다

사흘 지나 또 연이틀 밤낮 끊어질 듯 이어질 듯 흐르고

흘렀던 술자리와 술자리보다 더 멀리 번져 나간 영근이 형 노랫가락이 산새 소리와 섞여 자욱이 숲속으로 스며 들었다 그늘까지 환하게 물들여갔다

꽃이 지고 달도 지고 별도 사라진 늦은 밤부터 새벽까지 시도 때도 없이 타전한 부호는 구조 요청이었던 것을, 망망대해에서 표류한 형이 물 떨어지고 쌀 떨어졌다는, 그리운 벗들 보고 싶다는, 등대가 보이지 않는다는 마지막 구조 요청이었던 것을

술값 떨어진 줄로만, 택시비 떨어진 줄로만 착각하고 귀찮아했던 밴댕이 소갈딱지 가슴을 치면서 호박을 심었다 입술을 깨물면서 가지를 심었다, 차갑게 식은 땅을 열고 매운 고추 모종을 심었다

출전:『서울은 왜 이렇게 추운 겨』(2018, 문학동네)

이별

1.

한 사내, 방금 낡은 파란 대문집에서 나와 어디론가 떠나갔다

그 사내의 그림자, 울먹이며 몰래 그의 뒤를 따르고

이제 곧 어제처럼 피곤한 하루가 늘어진 전깃줄 위에 붉게 누워 어둠을 부를 것이다

어둠이 깊어질수록 그 사내와의 추억도 깊어지리라

2.

떠나가는 사람들의 뒷모습엔 언제나 눈물이 묻어 있다

이상도 하지, 그를 보내고서야 그의 소리를 듣는다

잠결에 어렴풋이 들려온 전화벨 소리, 그다

그 사내, 항상 북두의 흰빛이 가물가물 기운을 잃어갈 새벽녘이면

온기 사라진 어느 거리의 전화 부스에 쪼그리고 앉아 취한 울음을 토해냈었고

촉촉이 젖은 눈으로 아끼고 아끼던 몇 사람의 전화번호를 찾아냈었다

그러나 아침이면 눈물은 말라 버리고

모든 그리움은 연기처럼 사라진다

3.
주인 잃은 우편물들만 쌓인 낡은 파란 대문집
이제 시를 읽는 소리도, 노랫소리도, 그리고 깊은 한숨
으로 토해대던 마른기침 소리마저도 들리질 않는다
아무 소리도 들리질 않는다

*2006년 그를 보낼 때

출전: 박영근 추모 카페

밥, 밥, 밥

윤관영

누가 밥 먹었냐 물으면 고맙다
국 있는 밥을 먹으면 큰 대접받은 것 같다
밥솥을 양 발바닥에 얹고
김치와 콩장과 멸치에 김치 멀국을 부어
건듯 저어 먹는 밥은
저붐이 필요 없다
비빔밥은 맛이 아니고 그 종합이다
고마움에는 미각이 없다
형님, 콩국수 한 그릇 하십시다
전화 받고는 울 뻔했다
누가 한잔하자면 난딱 나간다
술은 저녁이다 박영근 형에게
소금 찍어 술 먹던 그에게 애가 하나 있었으면
좋았을 거라는 생각이 느루 났다
빵 말고, 라면 말고, 중국집 볶음밥 말고
의림지 할머니 집에
일밥 먹으러 가면 좋다
내가 사면 만판이고 가서
반주라도 한잔하면
졸음처럼 밥을 끌어안은 위처럼

넉넉해진다 밥, 밥, 밥

출전:『어쩌다, 내가 예쁜』(2008, 황금알)

오늘은 비가 와서

이경림

이영유가 가고 한 달도 못 되어 박영근이 가고
오 시인이 가고 박 시인이 가고
누군가 또⋯⋯

오늘은 비가 와서
나는 우산을 쓰고 공원에 간다
나무들이 맨몸으로 그 비를 다 맞고 섰다
죽은 나무 한 그루도 같이 섰다⋯⋯
(혼자⋯⋯시커멓다!)

비가 우산 위를 튕겨 나가는 소리가
간절하다⋯⋯
나도 괜히 무슨 간절함 같은 것에 젖어
그것들 사이를 간다.

(이리도 간절한 것들⋯⋯)

간절함이
주룩주룩 내린다.

그이들도…… 이렇게…… 간절하다가
간절하고 간절하다가
더는 간절할 수 없을 때까지
죽기 살기로 간절하다가, 그만
무슨……
끈을 놓쳐버린 것일까?

오늘은…… 비가…… 와서
나는 우산을 쓰고
젖어서 더 간절한 것들 사이를
걸어가지만

출전: 『현대시학』 신작소시집(2007년 8월호)

변산바다에 와서
—박영근 시인에게

이승철

그날 파도는 달려와 앓는 소리를 토해냈다.
변산반도 솔섬이 만장輓章처럼 흐느껴 울었다.
방파제 아래 만삭의 파도가
면사포를 뒤집어쓴 채 이내 쓰러졌다.
저물녘 흐느낌 소리 뒤끝이었다.
문득 홍살문처럼 서러워지던 네 낯짝.
저 꽃이 불편하다던 네 말을
그땐 차마 믿지 못하였다.
눈멀고 피맺힌 네 사랑은
곰소 염전 창고 막소금처럼 짜고, 개운했다.

애당초 끗발 없던 인생쯤이야
다만 적막강산으로 홀로 남겨져야 했다.
이팔청춘의 흔적처럼 더 살았다손
얼마나 더 오래 버팅길 수 있었을까마는,
귓바퀴 속에 감도는 에잇, 잘 놀다 간다는
유언장 위로 어널널 상사뒤, 어여뒤여 상사뒤*
철 지난 유행가 가락만 봄날의 소주병에 꽂혀
진달래처럼 환히 취한 얼굴만 가득하였다.

어여 길 떠나도 좋을 한 세상이라고 말하마.
뉘라서 저 파도와 당당히 노닐었을까.
어느 날 네 가슴에 피어났을 해당화 한 송이
죽어서야 사랑할 임을 기어이 찾아 나선 너**
변산반도 오래된 노을을 마냥 붙잡고서
못난 그리움만 산허리를 넘어서고 있었다.

* 박영근 시 「솔아 푸른 솔아」에서 부분 인용.
** 정호승 시 「동박새」에서 부분 인용.

출전:『그 남자는 무엇으로 사는가』(2016, 도서출판b)

박영근 시인

이시영

　세상의 상갓집에 가장 늦게까지 엉덩이를 대고 앉아 있
는 사람이 문구 형님이었다. 사람들이 직수굿한 그를 일
러 호상 체질이라고 했다. 그런데 그가 죽자 아무도 그
곁에 오래 앉아 있지 않으려 했다. 다만 대취한 박영근
시인만이 얼떨결에 그 곁에서 이틀이나 밤샘을 하였다.

출전:『바다 호수』(2004, 문학동네)

봄밤

이재무

시인 박 아무개가
지독한 가난에 두들겨 맞고
결핵성 뇌수막염에 패혈증으로
중환자실 들어가 생사 넘나들던 밤
면회에서 돌아와 아내 몰래 수음을 했다
더러운 쾌락에 치를 떨며 결코 울지 않았다
여러 해의 봄 한꺼번에 흘러간 그 밤,

청승 신파 뒤 술상 뒤엎던 울분과
소리 높여 부르던 단심가,
전화선을 타고 건너오던 물 젖은 소리
이제 너와 함께 과거에 묻는다
70년대 상경파의 불운한 생
끈질기게 따라다니던 꼬리 긴 주소를 지운다
세상에는 어제처럼
눈비 오고 바람 불고 구름 흐르고
해와 달은 떴다가 지며 묵은 달력 넘기겠지만
가던 걸음 문득 세워 놓고
들리지 않는 목소리에 귀 기울이는
그런 날 더러 있을 것이다

출전:『저녁 6시』(2007, 창비)

오월 흰 구름

서울 변두리 김포시
종합 병원 7층 흉부외과 병동 침상에 누워
창틀에 반쯤 걸린 오월 흰 구름을 본다
정착하지 못하고 떠도는 자의 혼백인가
그렇다면 저 혼백은 누구의 것인가
오월 구름치고는 색깔이 너무 희고 선명하다
어저께는 부질없는 시(詩)였던가
「나는 죽어 저 하늘에 뿌려지지 말아라」를 지었다
오전에 박영근 시인의 타계 소식이 내게 왔다
하필이면 이런 상황에서란 말인가
가야지 가야 한다 마음은
그의 영전으로 달려가고 있지만
병상에 누인 몸은 이미 내 몸이 아닌 듯
그저 창틀에 걸린 오월 흰 구름만 바라본다
부평을 떠나 김포에서
잘살고 있으리라 여기고 있을 인연에게
여전히 내 소식을 거짓으로 전한다
일 땜에 해외에 왔는데
그리하여 부득이 영전에 가지 못하니
유족에게 내 조의를 전해 달라고

특별한 변수가 없는 한
나의 수술을 맡은 흉부외과 의사는
예정대로 내일 아침 9시 30분에
내 몸을 수술대에 올려놓고
가슴을 열어 병든 폐를 수술하겠지
긍정적보다 부정적이 압도적이라는
그 험하고 막막한 수술을 하겠지
놀랍다 나에게 이토록 미련이 있었던가
어이해 이 상황에서 어저께 일인 듯
박영근 시인과 나누었던 말이 떠오르는가

김포로 요양 삼아 떠나오기 전
파릇파릇한 오월이었다
야간일을 나가야 하는 나를 놓아주지 않고
낮술부터 하자 하던 그가
이제 술보다는 밥이 함께 먹고 싶어졌다며
들어선 부평 진선미예식장 골목 설렁탕집

그날 우린 뜬금없는 말을 주고받았다

"형은 오래 살 거 같아"
"나보다는 자네가 더 오래 살 거 같은데…"

한 시절 흘러가듯 영근이는 가고,
나는 수술을 기다리고

출전: 『부평4공단 여공』(2012, 푸른사상)

그대 불편했던 자리 버리고

정용국

저 꽃이 불편하다* 성화를 부리더니 그 좋은 술과 넘치
던 시편들
가볍게 내버려 두고 이승을 넘어가네

말로야 가볍다지만 너를 들볶던 세상들 오늘도 꿈쩍 않
고 헤벌쩍 웃는 아침 꽃마저 오금이 저려 종종걸음 치는데

성근 목소리로 거칠게 팽팽한 줄 툭 끊고
그 잘난 아사리판 단숨에 잘도 뒤집었다

들끓어 그대 불편했던 자리 아카시아 향 아득하다.

* 2006년 5월 11일 달랑 시집 몇 권만 남기고 48세로 세상을
버린 박영근 시인의 시집 제목

출전: 한국작가회의 홈페이지

건듯건듯
—박영근

정우영

그가 내 몸을 스쳐 지날 때
검불처럼 허허로워서 나는,
그가 날아가 버릴까 봐 무심코
그의 겉옷과 살가죽을 꽉 붙잡는다.
그는 아프다는 시늉도 없이
콧노래 웅얼거리며 은근슬쩍 빠져나간다.
건듯건듯 흔들리는 뒤꼭지가
부용산 오리길* 가파른 곡절을 넘어가는
그의 슬픈 노래처럼 몹시 불안정하다.
문패조차 없는 집을 빠져나와
그는 지금 어디로 가는 걸까?
낯선 들판을 건너 까막까막 멀어져서는
어느 순간 검불같이 날아올라
먹먹한 산자락에 허위허위 내려앉는다.
어디선가 몰려온 수많은 검불도
그를 싸안으며 우 함께 내려앉는다.
마치도 노란 나비들 같다.
노란 검불 떼 헤치며 술 한잔 권하는데
아차, 눈물 그렁그렁 시립한 저것들은
그가 평생 써온 시들 아닌가.

그로써 그의 한 생은 이미 충만하였다.

* 생전에 박영근 시인은 노래 〈부용산〉을 자주 읊조렸다.

출전:『살구꽃 그림자』(2010, 실천문학사)

시인 박영근

정희성

세상에!
무술년 개띠로 태어나 이 나이 되도록
인감도장 하나 없이 살았더란다

장례 절차를 논의하면서
남일이가 눈시울을 붉히고
그의 이름 앞에 시인이라는 말 말고
더럽게 다른 말 붙이지 말자고 한다

이 말 듣고 집에 돌아와
그의 시집을 펼쳐 본다.
'동지도 지났는데 시커먼 그을음뿐
흙부뚜막엔 불 땐 흔적 한 점 없고
이제 가마솥에는 물이 끓지 않는다'*라고
생전에 그가 쓴 시의
글자들이 젖은 채 뿔뿔이 달아나려고 한다

'길 위에서 길을 잃으며
저를 찾고 있는
망가진 사내 하나'*

   * 각각 고(故) 박영근 시인의 「길」「겨울비」(『저 꽃이 불편하다』) 중에서

출전:『돌아다보면 문득』(2008, 창비)

꽃을 던지며 울다
—박영근 시인을 기리며

너는 갔는데
살아 있는 것들은 웬일로 저마다 한 소식들을 하는
걸까
애기똥풀은 노랗게 아카시아는 하얗게
맺히고 벌어지고 터지고
쑥국새는 목사 추도 예배보다 더 애통터지게 울어잦
히고

너는 갔는데
어쩌자고 이놈의 5월 하늘까지
멀쩡하게 희뜩희뜩 광채가 나고

너는 갔는데
아름다운 것들이 웬일로 눈에 환히 보이고 지랄일까
네 말대로
참으로 알다가도 모를 일이다.
내 눈앞에 환하게 피어나는*
저 꽃덩어리

영산홍 너무 붉어서

보고 뒤돌아 또 보고

저수지 너머 산비탈로 기어이 너는 가고
마른 연기 뿍뿍 올라오는 안성터미널 옆 골목에서
농사도 급하고 차 시간도 급한
네 고향 친구 조찬준이와
국물에 벌컥벌컥 잔술을 들이켜다
왜 이렇게 참담하지, 뒤이어 울컥 터쳐 올라오는 떠그
랄놈의
새끼라는 말

그러나 그 붉은 것도 흰 것도 노란 것도
다 사랑이어서
이 봄날
꽃을 던지며 나는 울었네

* 박영근의 시 「저 꽃이 불편하다」에서 인용함.

출전:『조영관 전집1—시.산문 편』(2017, 삶창)

박영근 시인의 주소

하종오

박영근이 신인 응모작 투고하던 무명 습작생 때
주소를 적지 않아서
그 반시 동인지 편집을 맡았던 나는
궁리 끝에 등단작품을 게재하면서
응모자가 보시거든 연락해 달라는
문구를 말미에 넣었다

박영근이 신인 응모작 심사하던 유명시인 때
내가 시집을 내어 우송하려고 찾아보면
집 주소 끝에 최병은 씨 댁내가 아니고
최병은 씨 옆집이라고 씌어 있어
고개를 갸우뚱했다

이젠 유무명의 시를 읽지 않아도 되는 작고 시인 박영근
비로소 주소가 분명한 집 한 채 소유하고
커다란 문패를 번듯하게 달았다
'시인 박영근의 묘'
내가 바라보는데도
처음으로 제집이 생겨서 꾸미고 싶었던지
평생 자발적으로 가난했던 박영근이 욕심내어

산천에서 제비꽃들을 옮겨 심어 꽃 피게 했다

출전: 박영근 시인 추모 카페

박영근은 박영근이다

박수연(박영근시인기념사업회 운영위원·문학평론가)

1. 취업 공고판 앞에서

시집에는 두 부류의 기억이 있다. 하나는 원기억이자 출발로서의 박영근. 시인들은 모두 박영근을 원체험으로 삼아 시를 쓴다. 그렇다는 점에서 이 시집은 하나이되 모든 것일 죽음에 대한 다양한 언어들의 회집이다. 이로써 이루어질 애도는 이 회집을 통해 하나의 마감을 확인하고 대상을 떠나보내는 심리작용의 결과이다. 다음, 애도의 여러 언어를 다시 불러 모아 놓은 현재의 기억이 있다. 모든 기억은 현재의 기억이고, 현재를 살아가는 기억이며 따라서 박영근이라는 기호를 살아 있는 사람들이 경험하여 발생하는 기억이다. 박영근은 박영근으로 시인들에게 산종된다.

첫 번째 기억은 시인들을 박영근의 죽음에 직접 기입되도록 이끈다. 이 기입은 우선 언어를 통한 것이지만, 언어를 통해 박영근이라는 인물이 자신의 기표로 된 텍스트 깊이에 갖춰놓은 원기억에 도달하도록 하는 것이다. 고형렬의 시가 있다.

> 너에게 슬픔을 주마, 나의 슬픔을 가져가거라
> 문청(文靑)처럼 너의 슬픔을 건축하리라
> 오랜 날들은 저 얼음 속에서 피어나고
> 그 얼음을 또 깨는 사람들이 있다
> 아주 먼 곳에는
>
> 눈이 내린다, 낮은 담천 속에서
> 담을 넘는 눈송이의 기척이 분리되는 어둠 속에 서서

너는 유리손을 감춘다
너는 슬프도록 차가운 물속에서 인화되고 있다

너의 이름은 이 추운 겨울, 어딜 혼자 걸어가고 있니
그 누구의 등도 따라가지 않으면서
이쯤 세월이 지나 우리의 이름은
하나의 시어(詩語)가 되었다, 외진 데로 갈수록

등 뒤에서 본다, 취업 공고판 앞에서 서성이는
얼음덩이의 그림자와 검은 옷들
점점 작아지고 어두워지는 밤은 낮처럼 빠르다
죽음에 부쳐진 자의 시는
길게 이어지지 않는 아쉬움을 남긴다
　　　　　　　　　　　— 고형렬, 「죽음에 부쳐진 자」 전문

　　얼어붙은 겨울의 대기 속에서 시인을 사로잡는 기표는 '취업 공고판'이다. 독자들은 이미 잘 알고 있는 단어가 반복된다는 사실을 알 수 있다. 박영근의 죽음을 계기로 씌어진 시에서 이 기표가 뜻 없이 되풀이되지는 않을 텐데, 더구나 되풀이되는 기표는 "취업 공고판 앞에서 서성이는/얼음덩이의 그림자와 검은 옷들"의 이미지에 덮여 냉혹한 시공간의 좌절과 슬픔을 환기한다. 이 냉혹한 절망의 분위기도 바로 박영근의 시에서 가져온 것이다. 「취업 공고판 앞에서」가 그 시이다. 이 시가 박영근의 첫 시집 표제시라는 사실을 아는 독자라면, 작품 안에서 묘사된 '모집 공고 위에 내리치는 눈발'의 이미지도 기억하고 있을 것이다. 고형렬은 이 이미지를 더 엄숙하게 "죽음에 부쳐진 자의 시"로 이어 놓는다. 시의 원작자는 이미 죽었고, 그의 시는 더 이상 씌어질 수 없게 되었지만, 죽은 시인의 이 공백을 넘어서는 길은 죽음에 부쳐진 자의 시를 산 사람들이 대신 써 나가는 것이다. 특별한 이유가 있어서가 아니라 이미 그것을 당연히 여기는 시대정신의 공유자들이 있었기 때문이다. 기표들이 반복됨으로써 공유 정신을 되살릴 수 있다면, 이와 함께 죽은 시인이 서 있던 "얼음덩이의 그림자와 검은 옷들"의 자리를 다른 시인들이 대체하고, 삶의 허망을 넘어서게 만들 의미가 나타나리라고 사람들은 생각할 것이다. '무엇인가를 공유할 수 있다면'이라는 형식의 어떤 가정과 가상에 대한 주관적 믿음일지라도, 바로 이 믿음 때문에 시인들에게는 제각각 다를 수밖에 없지만 공유되는 저 초월의 의미를 '취업 공고판'이라는 기표가 이끌고 있는 것이다. 이 애도 시집 전체가 이제 '하나의 시어가 된 이름'에 집중하는 순간에, 고형렬은 이 이름을 대리 표상할 기표의 첫머리에 '취업 공고판'을 가져다 놓은 셈이다.

1980년대의 박영근에서 비롯되고 무수한 시간 속의 알지 못할 존재들을 스쳐 지금 고형렬에 이르기까지, 그 시가 이루어진 장소가 '취업 공고판 앞'이고, 이 제목을 비틀어 고형렬이 만든 또 다른 시 「너의 취업 공고판 뒤에서」에서도 '취업 공고판'이 호출된다는 사실을 주목하자. 이 기표에 이끌리는 마음은 박영근의 첫 시집 이후 전개될 시인의 운명 전체를 바라보는 마음일 것이다. 「취업 공고판 앞에서」에는 "진성전자 공원"으로 호명된 80년대의 노동자가 시적 화자의 고향, 어머니, 군대와 겹쳐져 제시되는데, 억압받는 삶의 신산함을 정서적 정황으로 바꿔 놓는 방법은 박영근의 시가 매우 자주 보여 주는 '풍경과 자연에 의지하기'이다. 시는 "바람 불면 허수아비 제 가슴을 치는 가을 저녁답"에서 시작하고 '불빛이 흐려지는 눈발 그친 곳'에서 마무리를 준비한다. 이렇게, 신산한 삶이 정서적 자연 풍경으로 부드럽게 전환되는 상상력의 전개에는, 동양적 의경(意境)의 시학적 전통이 한편에 있다. 전원적 서정성을 드러내는 많은 시가 풍경과 향토성을 정황적 배경으로 구체화한다는 점이 그것이다. 그러나 이 정황적 장소는 모든 인간을 언어 이전의 정서로 품어 안는 자연으로 그치지 않는다. 한국 현대시의 배경을 이루는 많은 전원적 장소는 한국 자본주의의 모순이 전가되는 파괴의 전형이기도 하다. 이 장소에 연결된 사람들도 마찬가지다. 80년대 당대의 많은 노동자들은 고향의 자연 풍경으로부터 폭력적으로 탈피되어 대도시의 '취업 공고판'이라는 자력 앞에 쇳조각처럼 매달리게 되었던 존재들이다. 취업 공고판은 이농의 경험과 도시 빈민으로의 편입, 그리고 공장 노동자 계급으로 이동하는 존재들이 머물러야 했던 현실의 상징적 표지이다. 박영근이 그의 말년의 시 「이사」에서 그려낸 서정적 정경이라는 방법론은 역시 시대적 흐름 속에서 노동자 계급의식이라는 강박을 벗어난 사람이 보여 준 아름답도록 아픈 고백인데 이 방법론이 한국 자본주의의 폭력에 의해 상처 입은 사람들을 삶의 기원과 같은 것으로 보듬어 준다는 점이야말로 오래 기억되어야 한다. 절망적 현실과 기원의 자연이 상상적으로 결합된 '취업 공고판'은 그래서 이 애도 시집의 핵심 기표가 된다.

취업 공고판을 당대적 삶의 구체적이면서도 뜨거웠을 아픔으로 이해하는 사람이 있다면, 그는 박영근이 간직해 둔 여러 시의 의미 중 하나를 찾은 셈인데, 이 의미 탐색 작업이 이 시집에 수록된 시인들에게 모두 통일되어 있지는 않다. 시인들은 어떤 기표에 이끌리지만, 그것을 자신의 삶과 관련하여 의미화한다. 가령, '담천'이라는 기표를 보자. 「죽음에 부쳐진 자」의 "눈이 내린다, 낮은 담천 속에서"의 담천(曇天)은 일상적으로 사용되는 말이 아니지만, 우리 문학사에서는 임화 때문에 종종 호명되는 언어이다. 임화가 카프 해산 후에 발표한 「담천하의 시단 일 년」을 작성한 적이 있기 때문이다. 그 글에서 임화는 "우리 조선의 시문학이 지난해의 잠자리에서 눈을 부비고 창문을 열었을 때 올해의 시대적 하늘의 빛깔이란 매우 심

상치 않았다. 지난해 수십 명의 시인, 작가, 비평가의 일단 위에
내린 무서운 뉘우는 결코 물러가지 않았을뿐더러, 안개와 구
름은 이상 더 농도를 깊이 하고 거치른 바람은 비가 올지 눈이
올지 전연 판별키 어려웠다. 포구를 향하여 배를 젓기에는 너
무나 험한 천후이었다."라는 단락으로 조선 문단을 비유한 후
"우리들이 생각하고 말하는 유일의 도구인 우리들의 언어가
위기 하에 서게 된다는 침통한 사실"을 확인하고 조선 시단의
경향을 비판적으로 분석한다. 그가 언급한 조선 시단의 경향
은 '복고주의적 경향' '기교파의 경향' '주지적 경향'이다. 이 시
들이 야기한 문화적 암흑의 한가운데에 "안용만 씨의 시「강
동의 품」(《중앙일보》 신년 당선시)은 찬연히 빛나는 것이었다"
라고 임화가 썼을 때, '담천하의 시단 1년'은 일약 "조선프롤레
타리아 시의 최초의 발전"을 성취한 시기가 된다. 후대의 연구
자들이 안용만을 최초의 노동 시인이라고 말하는 근거가 여
기에 있었는데, 박영근이 1980년대 한국 시단에서 안용만에
비견되어 언급되었던 것도 이에 연결될 것이다. 임화의 담천이
카프 해산과 일제의 조선어 말살 책동에 대한 의미화였다면
고형렬의 담천은 노동자 혁명의 물결이 썰물처럼 빠져나간 시
대의 분위기를 드러낸다. 안용만을 임화가 떠올리고, 고형렬
이 박영근을 떠올릴 때, 둘이 동시에 가져온 '담천'의 이미지가
단지 우연이라고만 할 수는 없다. 하나의 기표는, 시인의 의도
를 찾아 읽을 때 다양한 의미로 해석되는 것이지만, 독자의 맥
락적 결합에 의해 의미화될 때 텍스트 이곳저곳에 산종된다.
의미가 생산되되 전자는 시인이 만들어 가둔 의미이고 후자
는 시인에게서 독립된 의미라고도 할 수 있다. 임화와 고형렬
의 '담천'은 그러므로 동음이의어이다. '담천'은 모두 '담천'이
지만, 그것은 카프가 해산되고 조선어가 위기에 처한 식민지
상황의 비유이거나 직장 없는 노동자들의 헐벗은 상황을 비
유하는 기표이다.

고형렬이 보여 준 두 편의 시는 그러므로 이 시집의 시편들이 보여 주는 의미들을 기표의 운동 사례를 통해 드러낸 매우 예리한 시각의 결과라고 할 수 있다. 시집의 모든 시편들은 박영근이라는 기표, 취업 공고판과 담천이라는 기표, 죽음과 슬픔이라는 기표로부터 시인 제각각의 삶의 맥락들이 길어 올린 의미들의 표현이다. 정확히 말하면 박영근이라는 기표는 이제 박영근의 기억으로 직접 기입해 들어가 그가 묻어 두었으리라 여겨지는 모종의 의미를 찾는 작업과, 박영근이라는 기표가 현재의 시인들이 몸담고 있는 콘텍스트에 결합되어 무한히 산출하는 의미의 작업으로 구분될 것이다.

2. 박영근 속으로 혹은 박영근으로부터

'박영근은 박영근이다'라는 문장은 그러므로 그와 연관된 시의 두 갈래를 표현한다. 주사(主辭) 박영근과 빈사(賓辭) 박영근은, 임화의 담천과 고형렬의 담천이 그랬듯이, 동음이의어이다. 박영근이 그의 삶의 텍스트에 묻어 두었으리라 여겨지는 의미가 있고, 박영근으로 환원 불가능한 채 콘텍스트 속에서만 생산되는 의미들이 있다. 아마, 시인들에게 중요한 것은 박영근에 직결되는 한정적 의미들이 그것이 생산되던 시간과 공간에 사로잡혀 있지 않고 지속적으로 자신들에게 다가오는 순간이리라. "나는 태양과 장님의 얼음장이 되어/합정동 로터리를 그때 그 보폭으로 뛰어 건너간/아직도 살아 있는 그,/그 어둠 속에서 귀만 남쪽 하늘로 열어 둔다"(고형렬, 「너의 취업 공고판 뒤에서」)고 시인이 썼을 때 그는 이미 길을 건넌 박영근에게로는 건너갈 수 없이 세상의 지금 이편에서 불현듯 찾아올 의미를 기다리고 있는 자세를 보여 주는 것이다. 많은 시인들은 지금 빈사 박영근에 대해 이야기하는 중이다.

시는 크게 둘로 나뉠 수 있다. 하나는 박영근이 품었던 다양한 삶의 의미를 재현하는 시이고 다른 하나는 박영근이라

는 기표가 지금 시인들의 삶의 맥락에서 불러오는 의미를 구
성하는 시이다. 첫째가 여러 시인들에게 다양하게 발굴되는
박영근의 의미에 집중한다면 두 번째는 시인들이 시적 직관
으로 찾아낸 의미에 집중한다. 이것은 박영근이라는 기표에
촉발되었지만 시인들이 구성한 의미작용의 결과이다.

　　첫째 시편들을 주로 관통하는 정서는 '회한'이다. 어쩔 수 없
는 후회와 슬픔이 시편들의 주요 정서인데, 여기에는 박영근과
끝까지 함께 하지 못했다는 생각이 주를 이룬다. 예를 들면,

> 미라가 되어서도 벽 움켜잡은 손이여
> 너는 칼바람 함께 맞으며 어깨를 걷던
> 선 끊긴 빨치산이다 그의 얼음 박힌 수족이다
> 살아남아, 다시 수직의 벽 솟구쳐 오르는
> 어린 담쟁이 이파리들 간절히 손 뻗어
> 떨어져 나간 주검 청청히 덮어 주는데
> 지난겨울 수화기를 울려대던 해소 기침 소리여
> 끝내 놓쳐 버린 그대 작은 손이여
> 　　　　　　　　　　 — 김해자, 「놓친 손」 부분

에는 "선 끊긴 빨치산"과 같은 박영근을 끝까지 잡고 있지 못
했던 시인의 회한이 있고,

> 오늘 밤
> 별자리는 서해바다에서 잠들고
> 꿈꾸는 일은
> 여전히 멀고 아득하여
> 쓰러진 술병 속을 돌아 나온
> 바람 한 줄기
> 최병은 씨 댁 옆집 골목길에서

자꾸만 돌멩이에 걸려 넘어진다
— 박일환, 「최병은 씨 댁 옆집」

에는 "한 줄 시만 남았"을 뿐 "옹색한 시인의 거처"를 떠날 수
없는 마음이 맴돌고 있다. 이 회한은 이 애도 시집의 상당 부
분을 차지하는데, 슬픔과 후회와 상실감으로 가득한 언어들
의 배후에 있는 것은 모두 박영근이라는 이름에 의해 되살아
나는 삶의 의미이다. 김해자가 '빨치산'을 소환하고 박일환이
'소멸을 꿈꾸는 한 줄 시'를 떠올릴 때, 이 언어들은 모두 박영
근이 만들었던 꿈의 한 조각 속으로 나아간다. 「취업 공고판
앞에서」의 '진성전자 공원들'을 다시 호출하는 다른 시인들도
그렇다. 시인들은 박영근의 꿈과 언어 앞에서 박영근이 만들
어낸 의미들에 사로잡히고 그것들과 씨름하고 이별한다.

시가 대상을 만나고 언어화하는 방식 중에 대상을 따
라가는 방식과 대상을 뒤트는 방식이 있을 것이다. 전자는
대상이 만들어내는 의미를 따라가고 후자는 대상의 저변
에서 분리된 기표들을 비틀어 의미를 산출한다. 전자는 대
상과 일치하려는 마음의 움직임을 드러내고 후자는 대상
을 새롭게 의미화하려는 태도를 드러낸다. 일치되는 것이
당연한 대상이 사라지고 그 대상의 입김만이 남게 되었을
때 시인들은 대상의 의미 속으로 내쳐 진입하려 하는데, 이
때 만들어지는 언어 형식이 바로 은유이다. 박영근을 애도
하는 시편들이 박영근의 삶의 의미와 일치하려는 시도로
시종하는 이유가 여기에 있다. 시인들은 상실된 어떤 세계
를 언어로 발굴하고, 마주치고, 시인과 박영근이 동일하다
고 생각하면서 그것과 이별한다. 한번 씌어진 정서는 언어
라는 사물과 함께 시인을 떠나기 마련이다. 이 떠남의 상황
을 구성하는 사건을 애도라고 부를 것이다. 그런 의미에서
박영근이 그의 생전에 구성해 놓았다고 여겨지는 다양한

의미로 진입해 들어가는 언어들은 모두 서정적 동일화의 애도 시편들이다. 시인들의 시는 모두 박영근이라는 기표의 의미, 요컨대 기표의 표면을 헤집고 솟아나는 의미들이다. 시인들은 이런 의미에서 은유적 변신술의 귀재들이다.

대상의 저변에서 분리된 기표들을 비틀어 의미를 산출하는 시도 있다. 이 시를 쓴 시인들은 슬픔을 말하지만 슬픔을 넘어서는 법을 탐색하는 자들이다. "지금도 갈 곳이 없다는 시인의 말이/예전엔 은유로 들렸던 그 말이/이젠 그대로 슬픔으로 온다./슬픔의 그림자까지 그대로 따라온다"(박두규, 「시인의 전화」)고 쓴 시인은 곧 "세상의 모든 서글픈 것들도/이제는 차라리 아름다움으로 온다"(같은 시)고 이어 적고 있다. 김환영이 쓴 「진실」의 방식도 있다. 그는 진실이 없다고 외치던 순간에서 진실이 있다고 외치는 순간으로 마음을 옮겨 온다. 다음과 같은 시는 이 세계 속에서 이루는 무한한 초월의 의미 구성이다.

　　동네 분식집에서 혼자 김치칼국수를 먹는데
　　갑자기 붉은 국물 위로 박영근 시인 생각이 나는 거라
　　그는 지금쯤 어딜 가고 있을까
　　술 깬 아침이면 작은 손으로 야무지게 밥그릇을 비우던 그
　　국수 가락 텁텁하여 고개 숙인 아래로
　　자꾸 그가 떠오르는 거라
　　붉은 국수 남기고 나오는데 주인은 없고
　　거기 박영근이 담배 연기 날리며 서 있는 거라
　　공짜 칼국수 먹은 셈 치고 서둘러 나오니
　　그가 문 열고 나와 손짓하며
　　빨리빨리 뛰어가라 하는 거라
　　　　　　　　　　　　　　　　　— 박철, 「박영근 생각」

시는 박영근이 지금 여기에 있다고 말하는 중이다. 지금 여기에 있기 때문에 시는 슬픔에 잠길 필요가 없다. 오히려 시는 슬쩍 웃음을 터뜨리게 하는 상황을 묘사해 준다. 밥값을 치르지 않은 사람의 도주를 은근히 재촉하고 있는 박영근의 손짓은 필경 시인의 상상력이 만든 가상인데, 이것이 살아남은 사람들을 한층 가비얍게 슬픔으로부터 내려서도록 만든다. 박철 특유의 페이소스가 자아내는 시적 상황극을 김사인의 「봄밤」· 이시영의 「박영근 시인」과 함께 읽는다면 독자들은 죽음의 진지함만이 아니라 어둠 속에서 환한 세계로 나아가는 고양의 감정을 체험할 수 있게 된다.

이 고양감이란 지금 이곳에 없는 세상을 향한 존재의 들림인데, 그 방식을 시로 쓰는 일이야말로 박영근으로부터 나와서 현재와는 다른 세상을 지향하는 무한한 의미들을 구성하는 일이다. 없는 존재의 경험을 통해 없는 세상으로 나아가는 일이 박영근의 죽음을 통해 다음과 같은 표현을 얻게 된다는 사실은 특히 기억할 만하다. 백무산의 시이다. 그는 시 「헛된 꿈을 접을 시간이다」의 서두에서 박영근으로 대표된 존재의 터전을 '바람 찬 거리' '쇳가루 뒤덮인 공단 거리' '늦은 밤 졸음에 겨운 어린 누이들'[1] '새벽 철창살'로 묘사한다. 이 터전에서 지었던 모든 노래와 몸부림과 막무가내는 모두 순결의 절규였는데, 그것의 현재형을 백무산은 이렇게 적어 둔다.

순결은 다만 오염된 자들의 대속물일 뿐
순결한 자들이 있어 혁명은 소멸한다
그러니 너는 가고 아비규환의 세상만 남아라
저 피투성이 세상, 그래 저것이 세상이다
그런 세상만 남기고

---

1. 박영근의 부인 성효숙은 그녀가 그린 「깜빡잠」에서 미싱 작업대에 엎드린 채 잠든 여성 노동자의 고향 꿈을 형상화하고 있다.

시인이여 이제 꿈을 접을 시간이다
이제 헛된 꿈을 접을 시간이다
세상 한 모퉁이를 텅 비워 버릴 시간이다
순결로도 진실로도 채울 수 없는 허공이게 하라
사랑으로도 꿈으로도 채울 수 없는 허공이게 하라
지금은, 지금은 다만
부재의 혁명이게 하라
　　　　　　　— 백무산, 「헛된 꿈을 접을 시간이다」 부분

　이것을 시인의 강렬한 역설이라고, 혹은 반어라고 이해하
는 것은 박영근에 대한 손쉬운 접근일 것이다. 헛된 꿈은 가짜
이고 가짜를 통해 혁명을 이룰 수는 없기 때문에 백무산은 가
짜와는 다른 세상을 꿈꿀 수밖에 없다는 해석적 접근이 그것
이다. 그러나 지금 박영근은 없고, 다만 흔적으로만 남아서 시
인들의 언어를 계기화하고 있는 중이다. 없는 박영근이 그 부
재를 통해 말을 걸고 있으며, 이 말걸음이 바로 부재 때문에
더 많은 의미의 광장으로 시인들을 이끌어 가리라고 생각할
수 있다. 그래서, 이 시의 마지막 두 구절에 주목할 때 이 애도
시집 전체의 의미가 맥락화된다. "지금은, 지금은 다만/부재의
혁명이게 하라"라는 구절은 박영근이 묻어 놓은 의미로부터
시작되어 그 의미들이 소진된 후 다시 새로운 의미로 나아가
게 될 길을 예비하는 태도이다. 이것이야말로 박영근을 기억
하되 박영근이라는 근원적 의미에 사로잡혀 고착될 위험을
넘어서는 태도이다. 이 시집은 부재를 계기화하여 다른 세계
를 상상하려는 시인들의 노래이다. 박영근은 그 부재를 먼저
직접 실현함으로써 시인들을 한자리에 불러 모은다.
　모든 시는 박영근의 흔적을 이어받고 있는 중이다. 데리다의
『그라마톨로지』(민음사, 2010)의 어법을 빌리면, '박영근의 흔적
은 시인들이 찾아가는 의미 일반의 절대적 근원이다.'(172면) 일

반적으로 어떤 의미에 절대적 근원이 있어서가 아니라, 흔적을 통해서만 의미 작용이 가능하기 때문에 그렇다. 박영근의 모습은 보이지 않고, 그의 목소리도 들리지 않는 때에, 그래서

> 수많은 벗들이 애도하며 밤을 지킬 때도
> 몸 안에 들어와 작별 인사를 하고 있구나 하고
> 눈물도 나지 않더니
> 하필이면 비어 있는 관을 보며
> 눈물이 주체 없이 쏟아졌었지.
> 아직 비어 있던 한 생애가 서러워서
> 아무것도 없었지 않았는가
>
> — 성효숙, 「작별」 부분

라고 성효숙이 쓰는 것은 삶의 근원이 비어 있는 곳에서만 그 곳에서 움직이는 흔적을 따라 "몸도 마음도 닦으려"(같은 시) 하는 사람들의 증언이 된다. 시인들의 언어가 모여 애도 시집이 되었다면, 애도 또한 박영근이라는 기표가 그들의 앞자리에 남겨 놓은 텍스트 연쇄의 회집이다. 이것은 그러므로 박영근이라는 기표의 의미를 넘어, 박영근의 흔적에 의해 불러일으켜졌으되 박영근을 향해서만 환원되지 않고, 혹은 박영근으로 환원될 수 없이 무한한 의미 구성으로 시인들이 퍼져 나가는 자리이다. 박영근은 박영근이다. 하나의 박영근은 모든 박영근이다.

수록 시인 소개

강형철 1985년 『민중시』로 등단했으며, 시집 『해망동 일기』,
『도선장 불빛 아래 서 있다』, 『환생』 등과
평론집 『시인의 길 사람의 길』, 『발효의 시학』 등을 냈다.

고영서 2004년 〈광주매일〉 신춘문예로 등단했으며,
시집 『기린 울음』, 『우는 화살』, 『연어가 돌아오는 계절』을
냈다.

고형렬 1979년 『현대문학』으로 등단했으며, 시집 『대청봉 수박밭』,
『나는 에르덴조 사원에 없다』, 『오래된 것들을 생각할 때에
는』 등과 장편 산문 『은빛 물고기』와 『고형렬 에세이 장자
1~5』 등을 냈다.

곽현숙 인천 배다리 골목에서 헌책방 〈아벨서점〉을 운영하고 있으며,
2007년부터 지금까지 140회가 넘는 〈배다리 시낭송회〉를
이끌어오고 있다.

권화빈 2001 『작가정신』으로 등단했으며, 시집 『오후 세 시의 하늘』
을 냈다. 현재 사회복지관과 평생학습센터 등에서 독서
아카데미와 글쓰기 강의를 하고 있다.

김사인 1981년 『시와 경제』 동인으로 작품 활동을 시작했으며,
시집 『밤에 쓰는 편지』, 『가만히 좋아하는』, 『어린 당나귀
곁에서』 등과 『시를 어루만지다』 등의 산문집을 냈다.

김영환 1986년 『시인』으로 등단했으며, 시집 『지난날의 꿈이 나
를 밀어간다』, 『눈부신 외로움』, 『두눈박이의 이력서』 등
과 동시집 『똥 먹는 아빠』, 『방귀에 불이 붙을까요?』 등
을 냈다.

김왕노 1992년 〈매일신문〉 신춘문예로 등단했으며,
시집 『슬픔도 진화한다』, 『말달리자 아버지』,
『백석과 보낸 며칠간』 등을 냈다.

김용락 1984년 창작과비평 신작 시집 『마침내 시인이여』로 등단했으며, 시집 『푸른 별』, 『산수유나무』, 『하염없이 낮은 지붕』등과 평론집 『예술과 자유』, 『지역, 현실, 인간 그리고 문학』등을 냈다.

김주대 1991년 『창작과비평』으로 등단했으며, 시집 『도화동 사십계단』, 『그리움의 넓이』, 『사랑을 기억하는 방식』등과 문인화첩 『시인의 붓』, 『꽃이 져도 오시라』등을 냈다.

김해자 1998년 『내일을 여는 작가』로 등단했으며, 시집 『무화과는 없다』, 『해자네 점집』, 『해피랜드』등과 산문집 『위대한 일들이 지나가고 있습니다』등을 냈다.

김해화 1984년 실천문학 신작시집 『시여 무기여』를 통해 작품 활동을 시작했으며, 시집 『인부수첩』, 『우리들의 사랑가』, 『누워서 부르는 사랑 노래』와 시와 사진을 모아 엮은 『김해화의 꽃편지』를 냈다.

김환영 『난장이가 쏘아올린 작은 공』을 만화로 그렸고, 동화 『마당을 나온 암탉』, 그림책 『강냉이』, 『빼떼기』, 『따뜻해』와 동시집 『깜장꽃』을 냈다.

도종환 1984년 〈분단시대〉 동인으로 작품 활동을 시작했으며, 시집 『고두미 마을에서』, 『부드러운 직선』, 『사월 바다』등과 산문집 『사람은 누구나 꽃이다』, 『누군가를 사랑하면 마음이 선해진다』등을 냈다.

류　명 2002년 계간 『작가들』로 등단했으며, 현재 인천작가회의 회원이면서 예일글로벌미션 이사장으로 활동하고 있다.

문동만 1994년 『삶 사회 그리고 문학』을 토해 등단했으며, 시집 『그네』, 『구르는 잠』, 『설운 일 덜 생각하고』등과 산문집 『가만히 두는 아름다움』을 펴냈다. 제1회 박영근작품상을 받았다.

박두규 1985년 〈남민시(南民詩)〉 동인으로 작품 활동을 시작했으며, 시집 『당몰샘』, 『두텁나루숲, 그대』, 『은목서 피고 지는 조울의 시간 속에서』 등과 산문집 『生을 버티게 하는 문장들』 등을 냈다.

박라연 1990년 〈동아일보〉 신춘문예로 등단했으며, 시집 『서울에 사는 평강공주』, 『헤어진 이름이 태양을 낳았다』, 『아무것도 안 하는 애인』 등과 산문집 『춤추는 남자 시 쓰는 여자』를 냈다.

박상률 1990년 『한길문학』에 시, 『동양문학』에 희곡을 발표하며 등단했으며, 시집 『진도아리랑』, 『국가 공인 미남』, 『길에서 개손자를 만나다』 등과 소설집 『봄바람』, 『밥이 끓는 시간』, 희곡집 『개님전』 등을 냈다.

박일환 1997년 『내일을 여는 작가』로 등단했으며, 시집 『끊어진 현』, 『지는 싸움』, 『등 뒤의 시간』 등과 『진달래꽃에 갇힌 김소월 구하기』, 『문학 시간에 영화 보기 1,2』 등을 냈다.

박정근 시집 『물의 노래』, 『바람에 날리는 눈꽃 같은 사랑』, 『허공에 떨어지는 영산홍 꽃잎』 등과 『현대드라마로 읽는 아폴로 사회와 디오니소스 제의』 등을 냈다. 박영근 시인의 친형이다.

박 철 1987년 『창비 1987』을 통해 등단했으며, 시집 『김포행 막차』, 『없는 영원에도 끝은 있으니』, 『새를 따라서』 등과 동시집 『설라므네 할아버지의 그래설라므네』 등을 냈다.

백무산 1984년 『민중시』로 등단했으며, 시집 『만국의 노동자여』, 『폐허를 인양하다』, 『이렇게 한심한 시절의 아침에』 등을 냈다.

서홍관 1985년 『창비』를 통해 등단했으며, 시집 『어여쁜 꽃씨 하나』, 『어머니 알통』, 『우산이 없어도 좋았다』 등과 산문집 『이 세상에 의사로 태어나』를 냈다. 현재 박영근시인기념사업회 회장을 맡고 있다.

성효숙 1984년 미술동인 〈두렁〉 창립전 참여. 개인전 〈헌화가〉, 〈콜트악기 공장에 예술 작업실을 열었어요〉, 〈애도〉, 〈새벽 세 시〉 외 여러 단체전에 참여하였다.

서정홍 1992년 전태일문학상을 수상했으며, 시집 『58년 개띠』, 『그대로 둔다』 등과 동시집 『우리 집 밥상』, 『나는 못난이』 등을 비롯해 『농부의 인문학』 등의 책을 냈다.

손세실리아 2001년 『사람의문학』과 『창작과비평』을 통해 작품 활동을 시작했으며, 시집 『기차를 놓치다』, 『꿈결에 시를 베다』와 산문집 『그대라는 문장』, 『섬에서 부르는 노래』를 냈다.

신현수 1985년 『시와 의식』으로 등단했으며, 시집 『처음처럼』, 『시간은 사랑이 지나가게 만든다더니』, 『천국의 하루』 등과 『시로 만나는 한국현대사』, 『시로 쓰는 한국근대사 1, 2』 등을 냈다.

안상학 1988년 〈중앙일보〉 신춘문예로 등단했으며, 시집 『안동소주』, 『그 사람은 돌아오고 나는 거기 없었네』, 『남아 있는 날들은 모두가 내일』 등과 동시집 『지구를 운전하는 엄마』를 냈다.

양은숙 1970년대에 박영근 시인 등과 〈말과 힘〉 동인 활동을 했으며, 2011년 『미네르바』 신인상을 수상했다. 시집 『달은 매일 다른 길을 걷는다』와 번역서 『장인』, 『은하철도의 밤』 등을 냈다.

오철수 1990년 전태일문학상을 수상했으며, 시집『사랑은 메아리
같아서』,『독수리처럼』,『좋은 흙』등과『시 쓰기 길라잡이
1~8』,『시로 읽는 니체』등의 책을 냈다.

유용주 1991년『창작과비평』으로 등단했으며, 시집『가장 가벼운 짐』,
『서울은 왜 이렇게 추운 겨』,『어머이도 저렇게 울었을 것
이다』등과 산문집『그러나 나는 살아가리라』,
장편소설『어느 잡범에 대한 수사 보고』등을 냈다.

유종순 1986년 무크지『문학과 역사』로 등단했으며, 시집『고척동
의 밤』을 냈다. 유요비라는 필명으로 문화평론가로도 활동
했으며,『노래, 세상을 바꾸다』라는 책을 냈다.

윤관영 1994년 윤상원문학상을 수상했으며 1996년『문학과사회』
로 등단했다. 시집『어쩌다, 내가 예쁜』,『오후 세 시의 주방
편지』를 냈다.

이경림 1989년『문학과비평』으로 등단했으며 시집『시절 하나 온다,
잡아먹자』,『내 몸속에 푸른 호랑이가 있다』,『급! 고독』등
과 비평집『사유의 깊이, 관찰의 깊이』등을 냈다.

이승철 1983년 무크『민의』로 등단했으며,
시집『총알택시 안에서의 명상』,『당산철교 위에서』,
『그 남자는 무엇으로 사는가』등과
산문집『광주의 문학정신과 그 뿌리를 찾아서』등을 냈다.

이시영 1969년 〈중앙일보〉 신춘문예로 등단했으며,
시집『만월』,『호야네 말』,『하동』등과 산문집『곧 수풀은
베어지리라』,『시 읽기의 즐거움』등을 냈다.

이재무 1983년『삶의 문학』으로 작품 활동을 시작했으며,
시집『섣달 그믐』,『데스밸리에서 죽다』,『즐거운 소란』등
과 산문집『괜히 열심히 살았다』등을 냈다.

정세훈 1989년『노동해방문학』을 통해 등단했으며,
시집『맑은 하늘을 보면』,『부평4공단 여공』,『몸의 중심』
등과 동시집『공단마을 아이들』,
산문집『파지에 시를 쓰다』 등을 냈다.

정용국 2001년『시조세계』신인상으로 등단하였으며,
시집『내 마음속 게릴라』,『명왕성은 있다』,『난 네가 참 좋다』
등과 평론집『시조의 아킬레스건과 맞서다』 등을 냈다.

정우영 1989년『민중시』로 등단했으며, 시집『집이 떠나갔다』,
『살구꽃 그림자』,『활에 기대다』 등과 시평 에세이집
『이 갸륵한 시들의 속삭임』,『시에 기대다』 등을 냈다.

정희성 1970년〈동아일보〉신춘문예로 등단했으며,
시집『저문 강에 삽을 씻고』,『돌아다보면 문득』,
『흰 밤에 꿈꾸다』 등을 냈다.

조영관 2000년『노나메기』에 시를 발표하고 2002년에『실천문학』
을 통해 등단했으며, 간암으로 타계 후 유고시집『먼지가
부르는 차돌맹이의 노래』와『조영관전집 1,2』가 나왔다.

하종오 1975년『현대문학』으로 등단했으며, 시집『벼는 벼끼리
피는 피끼리』,『"전쟁 중이니 강간은 나중에 얘기하자?"』
등과 판소리체 시집『악질가』를 냈다.

박영근 연보

1958년   전북 부안에서 태어남.

1981년   『반시(反詩)』 6집에 「수유리에서」 등을 발표하면서
                작품 활동 시작.

1984년   첫 시집 『취업 공고판 앞에서』 출간.
                산문집 『공장 옥상에 올라』 출간.

1987년   두 번째 시집 『대열』 출간.

1993년   세 번째 시집 『김미순전』 출간.

1994년   제12회 신동엽창작기금을 받음.

1997년   네 번째 시집 『지금도 그 별은 눈뜨는가』 출간.

2002년   다섯 번째 시집 『저 꽃이 불편하다』 출간.

2003년   제5회 백석문학상을 받음.

2004년   시평집 『오늘, 나는 시의 숲길을 걷는다』 출간.

2006년   결핵성 뇌수막염으로 타계.

2007년   유고시집 『별자리에 누워 흘러가다』 출간.

2009년   시선집 『솔아 푸른 솔아』 출간.

2016년   『박영근 전집 1-시』, 『박영근 전집 2-산문』 출간.

＊민중문화운동협의회, 민중문화운동연합, 노동자문화예술운동
연합 등에서 활동했으며, 『예감』, 『내일을 여는 작가』, 『시평(詩
評)』 등 잡지의 편집위원과 민족문학작가회의 인천지회 부회장,
인천민예총 부회장, 민족문학작가회의 이사 등을 지냄.

＊오랫동안 부평에서 살았으며, 2015년에 시인이 자주 거닐던
부평구청 옆 신트리공원에 시비를 세우고 해마다 그 자리에 모여
추모 행사를 하고 있음.

＊2015년부터 박영근시인기념사업회에서 박영근작품상을 만들어
전해에 발표한 시들 중 한 편을 선정하여 시상하고 있음.

꿈속의 꿈

2023년 5월 11일 1판 1쇄 찍음

지은이 　　강형철 외
펴낸이 　　김성규
편집 　　　김안녕 한도연
삽화 　　　성효숙
디자인 　　신아영
표지디자인 아르떼숲
펴낸곳 　　걷는사람
주소 　　　서울시 마포구 월드컵로 16길 51 서교자이빌 304호
전화 　　　02 323 2602
팩스 　　　02 323 2603
등록 　　　2016년 11월 18일 제25100-2016-000083호

ISBN 979-11-92333-77-9 04810
ISBN 979-11-960081-0-9(세트) 04810